草堂别集 圭海集

江煦·撰

同文書庫·厦門文獻系列 第四輯 陆

厦门大学出版社
XIAMEN UNIVERSITY PRESS
国家一级出版社
全国百佳图书出版单位

图书在版编目(CIP)数据

草堂别集　圭海集/江煦撰.—厦门:厦门大学出版社,2019.12
(同文书库.厦门文献系列.第四辑)
ISBN 978-7-5615-7579-6

Ⅰ.①草…　Ⅱ.①江…　Ⅲ.①诗词—作品集—中国—当代　Ⅳ.①I227

中国版本图书馆 CIP 数据核字(2019)第 273302 号

出 版 人　郑文礼
责任编辑　薛鹏志　章木良
封面设计　李嘉彬
技术编辑　朱　楷

出版发行　厦门大学出版社
社　　址　厦门市软件园二期望海路 39 号
邮政编码　361008
总　　机　0592-2181111　0592-2181406(传真)
营销中心　0592-2184458　0592-2181365
网　　址　http://www.xmupress.com
邮　　箱　xmup@xmupress.com
印　　刷　厦门集大印刷厂

开本　787 mm×1 092 mm　1/16
印张　13
插页　3
字数　200 千字
印数　1～1 000 册
版次　2019 年 12 月第 1 版
印次　2019 年 12 月第 1 次印刷
定价　140.00 元

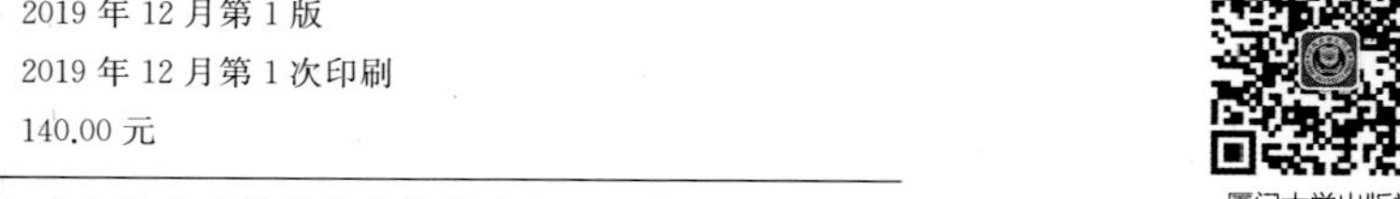

厦门大学出版社
微信二维码

厦门大学出版社
微博二维码

目錄

前言

本書包括江煦所著的《草堂別集》和《圭海集》兩種。

江煦，字仲春，號晴庵，晚年自署松山農，近現代厦門知名文化人。其原籍福建海澄三都貞菴（今厦門市海滄區嵩嶼街道辦貞菴村委會），清光緒甲午年（一八九四年）出生，癸亥（一九二三年）至厦門，居鼓浪嶼，素擅詩古文詞，爲菽莊吟社的吟侶之一。一九四三年冬南渡，由廣州轉至澳門，遂居焉，卒年不詳。江煦長期任厦門海關文案職員，餘暇致力於文史研究和詩歌創作。時湘籍詩人沈琇瑩主盟菽莊吟社，江煦拜其爲師，執弟子禮甚恭。所著有《鷺江名勝詩鈔》，丙寅（一九二六年）孟秋編成，戊子（一九四八年）年林爾嘉將其輯爲《菽莊叢書》第六種，付諸刊刻。除此之外，尚有《草堂別集》，甲午（一九五四年）仲春在嶺南（澳門）刊印。其未刊者則有《圭海集》《嶺南聞見錄》兩種，後一種如今可能已經散佚。

《草堂別集》分爲《讀我書室文存》《風月平分草堂詩存》《無盡藏廬詞存》三個部分，係江煦平生所作文章、詩詞的精選結集。作者在自序中有言：『余自知不文，固以作詩文爲一大快事，所以於花前月下，因風雲、山川、蟲魚、鳥獸、草木以及世事、人情，每有感於懷，輒於詩文詞出之，然是否有益世道人心，有無驚人句？明眼人自能辨之。惟所作甚多，不願多存，蓋亦毋令人厭惡，乃以師友見許者錄存一二。』

江煦生於清末，正是新舊兩種文化交替的時代。儘管社會已在發展，但縱觀他的作品，不管是古文詞，還是詩或詞，卻還保持著舊式文人的印記，看得出他的舊學功底是很深厚的。江煦所處的海澄，與近代中西文化碰撞最爲激烈的厦門僅一水之隔，然而從有限的資料來看，江煦似乎沒有接受過當時日漸興起的新學教育。及長，他在外國人任稅務司的厦門海關謀取到一份華文文案的職業，並居住在有著『國際社區』之稱的鼓浪嶼，可謂安居樂業，衣食無憂。江煦移居到鼓浪嶼之後，正值臺灣林爾嘉在島上所創辦的菽莊吟社最爲興盛的時期。菽莊吟社成立於一九一四年，遠近的騷人墨客一時麇集而來，觴詠雅集，四海徵詩，儼然『東南壇坫第一家』。這種文化氛圍恰恰是江煦心中的嚮往，因此他很快就利用工作之餘，積極參與吟社的賞菊賦詩、飛箋選韻等各種活動，精神生活得到了滿足。通讀菽莊叢刊、叢刻以及《草堂別集》，我們可知江煦還曾爲這個吟社的許多出版物擔任過文字校對，並且知道他善於向前輩詩人文士學習，如在詩詞方面，他除就近沈琇瑩之外，還通過郵筒求教於朱家駒、金式陶等江南名士。沈琇瑩，字琛笙，號傲樵，湖南衡陽人，著名詩人，菽莊吟社的主盟。朱家駒，字昂若，號遯庸，江南遯叟，江蘇奉賢人，工詩擅書，《菽莊小蘭亭徵文錄》的甲選第一名。金式陶，字鞠逸，江蘇鹽城人，著有《鞠逸吟詩鈔》。江煦的許多詩文都有沈琇瑩和金式陶的評語，朱家駒還爲《草堂別集》作序，稱讚他『好學而深思』。江煦是菽莊吟社的熱心吟侶。時至己丑（一九四九年）上巳，林爾嘉仍爲之作序，肯定他的『好學不倦』和作品之『得古人爲詩文之旨』，力促《草堂別集》的付梓，『以公於世』。

《讀我書室文存》不分卷，共收録江煦的文論二十七篇，皆以文言文寫成。朱家駒在序言中稱『顧其所作，皆規行矩步，切理饜心，有先正之遺規』，同時也加以批評，說『仲春之文既薄乎今而愛乎古，惟是孳孳勉勉，以求深厚其根柢』。文存中雜論九篇，雖然短小精煉，宅心仁厚，但確實似有空泛之嫌。如其作爲首篇的《論中國不治之原因》，乃呼籲中國社會必須『以聖人之教教之，以先王之道道之』，使其達到『上無殘暴之行，下無覬覦之心』的社會環境，大家過著『如上古之時日出而作，日入而息，安居樂業』的生活。其餘的論商鞅、張子房和楊子諸篇，亦多係一家之言。惟其《釋黨》一文，認爲『「黨」字，古通作「尚」，有高尚之義』，因此領袖人物『必受最高尚之道德教育，乃能成最高之政治人格』。其見解雖屬理想主義，但還是有一定新意。江煦愛好收藏古籍、拓本。文存中有八篇他自己所藏名碑拓本的題跋，大多僅作一般的描述，基本上沒涉及拓本本身的考證，甚至連他求之三年而始得的漳州《佛頂尊勝陀羅尼經幢》拓片，在題跋中卻忽略了它刻制於唐懿宗咸通四年（八六三年）這個重要的年款。江煦有關古籍、抄本的序跋有六篇，可見所藏佳槧孤本不多。其中《明槧六臣注〈文選〉跋》，說到該書他得之於戊寅（一九三八年）『廈門失守』的六個月後，之所以『傾囊購之』，是因爲『是時廈門之藏書，非散失則灰燼』。

《風月平分草堂詩存》和《無盡藏廬詞存》這兩種詩詞集傾注了作者江煦畢生的心血，是《草堂別集》最重要的組成部分。輯録於這兩種詩詞集的作品數量並不多，前者各類詩體八十九題（一百一十九首），後者有詞四十七闋。其中與菽莊吟社主人或詩友有關的詩約占四成，可能吟社中擅長詩餘長短句的人不多，所以與之有關的詞較少，僅五闋。江煦的詩詞講究格律聲韻，整體風格也還雋婉流暢，唯讀起來讓人覺得時代氣息不濃，格局不夠大。作者長期生活在華洋雜處的『鼓浪嶼公共租界』，並經歷過抗日戰爭厦鼓淪陷的艱難歲月，儘管他尚能保持一個中國文化人的清白，但在其詩文作品中卻很少能讀到抒發愛國感情、記錄歷史滄桑的篇章，確實有美中不足之感。即使詩詞之中或有所涉及，也略顯底氣不足。如在《感懷三首》中，雖在詩注裏揭露『中日之役，漢奸跳樑』，卻把這些民族敗類僅僅比喻成『浪蝶狂蜂』。又如在《減字木蘭花・壬午元旦》這首詞中，描述壬午（一九四二年）元旦『東風料峭』『爆竹無聲』，卻誤以爲是『鼓浪嶼工部局有爆竹之禁』。殊不知一九四一年十二月八日日軍侵佔鼓浪嶼以後，島上居民陷入饑寒交迫的苦海之中，哪來的新年爆竹之聲？

江煦一家熬到癸未（一九四三年）之冬十二月，終於『老驥久伏櫪，籠禽今遠征』（《行役南粵既賦一律意有未盡長歌紀之》），他把第一次出遠門的逃難當作『行役』，『乍過溪山脫險阻』『投荒一去千餘里』（《癸未十二月既望行役南粵感懷》），輾轉廣州最後定居澳門，在松山之下過著耕牧的生活。庚寅（一九五〇年）秋蘇壽喬在爲江煦所寫的序言，就提到他『昔筦榷政二十餘年，今則高蹈躬耕，其天懷固不可及』。松山又名東望洋山，今爲澳門的風景區，當年『青松冠其顛，白水繞爲帶。黑輪奔其前，銀翼翔於外。遮莫雲窮僻，其實乃都會』（《新填海吟》），江煦一家隱居在那裏，『耕牧稱其用，吾還愛吾廬』（《敝廬風雨吟》）。他雖然偶爾會『獨上望鄉臺』（《思鄉》），但更多的是『從此莫談兵，任何人擊楫，國事休評。』（《望海潮・澳門懷古》）類似這樣的詩句，屢屢出現在他在澳門所作的詩詞裏。

本書的《圭海集》乃江煦舊時詩稿的抄本（寫印件），現藏於厦門市集美圖書館。其書前有作者小序云：『辛丑夏日，偶檢行篋，得見舊詩一束，不僅少年在鄉游釣、在厦社友唱酬所作，雖無驚人之句，然其中猶有傷時憂國之什，不無令人可歌可泣者，爰録若干首爲三卷，署曰《圭海集》。適詩友警予兄自菲律賓示我填寫版印《己亥雜詩》，吾友競存君願爲依樣寫印，以付海内外知音，同爲感忱悲歌云。時蒲節，海澄江煦識於嶺南之拱北古風月平分草堂。』由此可知這本詩稿的大體梗概。

《圭海集》輯録各體詩二百零二題（共二百八十九首），共分三卷。詩集中全是江煦在家鄉的少作，和他到厦門參加菽莊吟社以後，與詩友的雅集唱酬的作品。作爲《風月平分草堂詩存》的姊妹篇，這些詩作所涉及的内容更加豐富，誠有助於我們對作者本人和當地文化生活的瞭解。譬如，除了林爾嘉、沈琇瑩這些吟社祭酒人物之外，我們還知道與江煦有過作詩唱酬者有李禧、陳桂琛、謝雲聲、龔顯祚、賀仲禹、虞愚、馬亦籛等吟社詩侣，甚至還有曾滄舲、喬仲敏等少爲人所知的鼓浪嶼文人雅士，這些都爲當年厦鼓詩壇留下了點滴的史料。再譬如，通讀了江煦這些作品的載録後，我們瞭解到，他是從寫作《戊辰（一九二八年）元旦試筆奉呈朱遯叟先生》和《戊辰三月三日小蘭亭修禊寄懷菽莊主人分韻得年字》這一年，才開始參加吟社的活動，並且知道他從甲戌（一九三四年）開始，基本上都參加吟社每年九集的『壺天消寒會』。如果再結合沈琇瑩等其他吟侣的作品，把菽莊吟社每次消寒會的社課題目和作品整理出來，對菽莊吟社的研究將會有所裨益。

《圭海集》和江煦的前幾部作品集一樣，都能讓今人瞭解到一些有關地方的風情，如二十世紀三十年代曾有『鼓浪嶼八景』之説，這八景分别是晃岩朝旭、田尾晚涼、延平戰壘、拂淨井泉、升旗觀海、打球開場、藏海明月、補山黄花，江煦各繫一詞詠之。此外還有當時鼓浪嶼的四大物産，即内厝芋頭、鹿礁海苔、高麗白菜和西洋紅薯，他也各爲寫詩記之，且有解釋，如『内厝澳舊名李厝澳，產芋頭甚佳，人皆稱之』，高麗菜是『平壤分餘種』，而紅薯來自南美的智利，這些都比湘人沈琇瑩的解釋要接地氣。有些在他作品中出現的人與事，如《丙子（一九三六年）冬幼莊開油畫展覽會參觀後口占一絕》所稱讚『家法西來稱絕技』『畫苑而今有幾人』的這位畫家，是否林爾嘉之子林克恭，其別號又名幼莊？又如《贈女醫張氏二絕》所介紹的河北大興人喬仲敏的太太，『精技擊，善醫跌傷，又不受酬，是以求醫者衆』，恐怕當今鼓浪嶼已無人知曉了。

本書所收的江煦這兩種作品集，既反映了厦門本地作者在其時代背景下的生活軌跡，又具備了地方文化研究的史料價值，此即我們將其輯錄於『同文書庫·厦門文獻系列』重新出版的原因。

何丙仲

二〇一九年立秋之日於雲頂岩麓之一燈精舍

草堂别集

艸堂別集

松山裴題

甲午仲春
刊於嶺南

序

今之時盛行語體文字根柢深厚議論閎放之作幾不復見此實著作界中之一大變也其不隨俗而變者真鳳之毛麟之角矣乃今讀江子仲春所著讀我書室文稿而色然喜也仲春好學而深思服務於海關文案宜若無暇於為文居今之世即為文豈不識時行之文體顧其所作皆規行矩步切理饜心有先正之遺規手繕一巨册裒之約近三十首以問序於三千里外荒耄寡聞之老叟叟將何以報仲春哉竊謂仲春之文既薄乎今而愛乎古惟是孳孳勉勉以

求深厚其根柢馴至於閎放其議論而已韓昌黎云言浮物也氣盛則言之長短聲之高下皆宜又曰因文以見道又曰不懈而及於古仲春其不河漢斯言乎遂書以遺之庚午中秋後二日江南朱家駒

古人爲詩文能動天地感鬼神者何也以其有益於世道人心也江子仲春好學不倦生平所爲詩文詞甚多皆爲匡時濟世有益於人心者是得古人爲詩文之旨殊非庸俗遊戲虚汎之論摹寫風花雪月淫靡之辭夫如是其不蠅笑鱉咳礫鼠譴貓巫顰優涕動天地感鬼神變鄭衛之風者乎至其工拙固有名

師宿儒評定之毋須余之喋喋也今者江子以其所作之錄存有文數十篇詩數百首詞百闋猶惡其繁多更删簡僅得一卷署曰風月平分草堂詩文詞存索序於余因書此歸之並速付梓以公於世云時己丑上巳菽莊林爾嘉序於鯤溟亦小壺天之味吾味齋

江子仲春吾友曉山氏高足也相知而未得見戊子因島報登吾友遺聞展轉詢問專返廈造訪並贈鄉先生魏笛生手東以重其師者重余心焉藏之庚寅重遊香島覘我鷺江名勝詩鈔復以風月平分草堂

詩文詞存見眎並委草弁言予將圖南悤悤卒業計存文三十篇詩百餘首詞數十闋詩詞多可誦文尤有關世道人心風雨如晦雞鳴不已贊歎爲何如耶夫天地間形形色色可欣賞者何限惟風之清月之朗墨客詩人恆愛之昔黃涪翁表周子胸懷清朗曰光風霽月江子以是名其堂殆有志于斯乎昔莞權政二十餘年今則高蹈躬耕其天懷固不可及而即其尊師門重友誼二端亦超越世人萬萬贍文詞猶餘事耳書將付梓書數語歸之庚寅中秋前三日卧雲居士蘇壽喬叙 年七十三

古人云文可載道詩可言志故凡世事人情山水蟲魚鳥獸草木目所見耳所聞感於心發於興則胸中喜怒哀樂憂思感憤鬱積皆可表而出之以寓諷刺有益人心世道夫如是則不虛所作不然直無病而呻耳且夫天地間事物在精不在多人之心理惡繁而好簡是故詩文亦當如是如古人文或傳數篇詩或傳一首蓋多不易精簡易賞識更令人易記憶可供茶餘飯後品評而其工拙易見復不虛糜梓費豈不善哉否則雖多亦奚以為余自知不文固以作詩文為一大快事所以於花前月下因風雲山川蟲魚

鳥獸草木以及世事人情每有感於懷輒於詩文詞出之然是否有益世道人心有無驚人句明眼人自能辨之惟所作甚多不願多存蓋亦毋令人厭惡乃以師友見許者錄存一二署曰風月平分草堂詩文詞存一卷以付知己品評或覆醬瓿時庚寅重陽海澄江煦識

讀我書室文存

海澄江　煦

論中國不治之原因

上古之世無為而治是以百姓安樂天下太平及周之衰孔子歿文教失宣武臣用奇奇兵有異於仁義王道迂濶而莫為兵之患也兵何患哉居功矜能名成身弗退是以有爭爭而後用兵兵之患爭成之也爭之肇文教失宣也文教失宣道德淪喪也道德淪喪則人皆以為有為以其有為何功不居能不矜哉嗚呼文教之不可以不興也周而後且如此況於今

之世乎今之世黨同伐異爭城而戰殺人盈城爭地而戰殺人盈野老羸者轉乎溝壑少壯者挺而走險散而之四方者不知幾千萬人也誰爲爲之孰令致之人莫不曰兵也欲求如上古之時日出而作日入而息安居樂業者不可得也我國不治之原因其在是乎然則欲求其所以治非復興文教不可欲求復興文教非天心悔禍不可果天心悔禍將有人作以聖人之教教之以先王之道道之上無殘暴之行下無覬覦之心民德歸厚雖欲不治其可得乎

沈徽樵先生曰意則屈子天問氣則賈子陳政事

疏足徵汲古功深

善戰者服上刑論

古聖王耀德不觀兵施仁政行王道耕者賈者皆欲耕賈於王之野與市謳歌訟獄者皆欲謳歌訟獄於王之朝民之歸之有不如水之就下者乎是故湯伐夏武王伐紂大都以德服人救民於水火非好戰也不得不戰耳及周道衰霸業起文教失宣武臣用奇戰爭之事史不絕書如邲之戰鄢陵之戰城濮之戰皆是此孟子所以有春秋無義戰彼善於此之說也追至戰國七雄並峙商鞅吳起儀衍者流日抵掌高

談於華屋之下生靈塗炭在所不卹孟子深惡而痛絕之所以復有善戰者服上刑之說也夫等是戰也古聖王用之則天下治後世用之則天下亂其故何哉一則弔民伐罪一則殘民以逞仁與不仁之分耳奈何今之世以一統之天下一變而貌為共和戰之機以開再變而為軍閥戰之禍尤烈三變而偽託於民衆戰之害尤不可勝窮於此猶津津焉以善戰自雄竊恐操上刑之權者早伺其旁而不仁之罪終不可逭矣可不戒哉

儆樵先生曰至言要道群雄鍼砭

智慧出有大僞論

古語曰不識不知順帝之則此無爲而治也蓋道始於無而生於有有始則有母有無則無有此之謂要妙是故上德不德下德不失德知不知上不知知病何以言之如大直若屈大巧若拙大辯若訥曲則全枉則直窪則盈敝則新物極則反天道好還此所謂知其雄守其雌爲天下谿知其白守其黑爲天下式知其榮守其辱爲天下谷也安見明民者之果爲是愚民者之果爲非乎上古之時民風淳厚人事尚簡日出而作日入而息優遊逸豫而民弗爭人事日繁

機械日生角馬逐馬剽馬竊馬此所謂人多伎巧奇物滋起法令滋彰盜賊多有也中古如斯近且益甚如學術愈明技藝愈巧機器愈新戰爭愈烈此之謂物質愈文明道德愈衰微人皆鬥智不顧仁義嗚呼奈何與其大智孰若大愚與其大僞孰若不智慧而不先爲古之愚也古之道若何爲無爲事無事味無味虛其心實其腹弱其志強其骨無智無欲而民不爭更以三寶保之一曰慈二曰儉三曰不敢爲天下先如是則國家可得而理與噫孰謂老氏之道無可採者以老氏之道治天下使民復結繩而用之甘其

食美其服安其業樂其俗雖有舟車無所乘之雖有甲兵無所陳之民至老死不相往來可也尚何有黨同伐異駴天下而以堅白鳴

傚樵先生曰商君喻老人多未喻以非老喻老之非老不若以老喻老之為老也此篇其庶幾乎

釋黨

黨之為文說文云不鮮也從黑尚聲黑為火所熏之色故許君以不鮮釋之方言云黨知也知則必能解寤此義之相反而成者也釋名云五百家為黨黨長也一聚所尊長周禮掌其黨之政令教治是也此說

黨與尚諧聲之義禮記有睦于父母之黨此親族之黨也左傳有里丕之黨是朋輩意氣相同之黨也降及後世漢獻帝時取天下名士目為黨人唐之晚年漸起朋黨之論而唐室亡矣宋自元祐禁錮黨人善士亦幾無噍類矣此其得失興亡之故所由來者漸矣故尚書洪範篇云無偏無黨論語曰吾聞君子不黨是懼其阿比相助匿非之義也惟能聚其尊長掌其政令執其教治而睦於父母之黨更能意氣相同不偏不阿上以治國下以齊家未嘗不善也不然者黨同伐異朋比為奸各樹其幟大收黨羽互相傾軋

爭攬權利於是上竊國柄下傲鄉曲行所欲行為所欲為必至國破身亡為害不淺嗚呼可畏哉至若民國紀元泯泯棼棼不能統一以迄於今說者曰是不知黨耳苟能黨之未嘗不可以福國利民也如今歐美列強何嘗不黨國富民安昭昭在人耳目豈可因噎廢食而不黨乎竊謂黨字古通作尚含有高尚之義人必受最高尚之道德教育乃能成最高之政治人格一或不慎則不能解悟直驅民入於禽獸而已矣

傲樵先生曰經生之理才子之文真正黨義在是

矣

市井釋義

古者日中爲市說見於易爭利於市見於國語然則何以謂之市井史記平準書注顔師古曰古未有市若朝聚井汲便將貨物於井邊貨賣故曰市井毛詩疏引白虎通言因井爲市風俗通言人有所鬻賣者當於井上洗濯令潔乃到市也管子房氏注立市必四方若造井田之制又曰處商必就市井此商之於市井也若夫儀禮士相見禮在邦曰市井之臣孟子萬章在國曰市井之臣是士之於市井也然商之於

市井逐什一之利也士之於市井豈逐什一之利哉惟其非爲利也孟子曰辭十萬而受萬故進退有節出入乎禮門義路之中友之不可招之不得况僕之於諸侯哉則知市井二字就商言必各有次序經畫咸宜如周禮地官司市所掌是也就士言必行列班聯如市之百貨羅陳井然不紊魯論所謂市朝是也若謂物入市必先到井洗濯抑或泥於井田之說均未爲當也

儆樵先生曰折中至當不同鈔胥

逸民隱士同異辨

古之人居仁由義一旦遭亂不得不韜光養晦高節自持倐然於世俗塵埃之外詎得已哉此逸民隱士之所由見稱也逸民者何終身不仕跌蕩山林躬耕隴畝甚者傭之於人能守節者也陳仲子灌園食力梁伯鸞爲人賃舂是也隱士者何可以仕則仕可以止則止翩然遠引不求人知能達節者也陶徵士之恥五斗而折腰王景玄之陋一官而滅名是也若夫許由洗耳穎川謝安石東山絲竹一則讓國而肥遯一則念蒼生終當仕進此逸民隱士所以異也跡其嘯傲山谷平章風月不隕穫於貧賤不見詘於富貴

此逸民隱士之所以同也魯論於夷齊虞仲諸人則列之於逸民於荷蓧丈人之流則名之於隱士古之人固有始非逸而終逸者亦有不甘於隱而終隱者故曰賢者辟世其次辟地今何世乎世外桃源獨寓言耳遼東皂帽豈曰無人望洋興歎傷如之何

金鞠逸先生曰扼定節字相題有識分疏合勘俱見心裁一結有絃外音

沈傲樵先生曰明辨以晳一結感喟遙深

楊子為我論

天下之所以治與亂者利之乎不利之乎苟利之古

之時聖人未作民化未開誰爲利之而天下治及周之衰暴行有作簒奪頻仍雖欲利之適以亂之是與其利之不如不利之爲愈也墨氏之言曰兼愛苟愛之則不相仇視不相仇視則不相爭奪不相爭奪天下治矣楊朱之言曰爲我苟爲我則不相利不相利則不相損人人不損一毫人人不利天下天下治矣孟子曰墨氏兼愛是無父也楊氏爲我是無君也無父無君是禽獸也吾以爲此言過矣孟子不云乎人人親其親長其長而天下平爲我也老吾老以及人之老幼吾幼以及人之幼天下可運於掌上兼愛也

人言之謂之無父無君己言之謂之仁義之道以矛陷盾然乎否乎然兼愛之與為我其實一也其名則否蓋兼愛為名也為我為實也實無名名無實名者僞也以其僞故累實以其累實是以謂之僞何謂僞以其為名也為名則居功居功則矜能矜能則尚賢尚賢而民爭爭則亂矣曷若為我為我則廢之任之廢之任之則無為無為則不相親不相親則爾為爾我為我各甘其食美其服安其居樂其俗鄰國相望雞犬相聞至於老死不相往來何爭之有亂之萌哉獨奈何孟子不以楊氏為然而痛加貶斥後之學者

不察其實遂爭相掊擊以至於今其書既不傳其學終不能傳於天下悲矣

儆樵先生曰楊氏學宗老子為我即無為也探原立論動中肯綮駁正孟子尤為有識

商鞅論

儆樵先生清末主講粵法政講習所時曾出是題選十餘篇待梓作者有舉人進士議論各有所長

大哉先王之治天下也教養兼施恩威並濟故能有中國撫四夷功業長久人民歡樂秦孝公昧於治亂急於富強於是公孫鞅挾持浮說進孝公不察與議國事重法嚴刑盡變古聖先王之道太子犯法刑黥其師傅於是民莫不畏法十年道不拾遺山無盜賊

勇於公戰怯於私門鄉邑大治乃內務耕織之具外連衡而鬥諸侯拱手而取河西之地當此時也秦已富強矣鞅之才豈不偉而其功可謂高矣於是孝公封鞅商於之地十五邑今而後可以坐鎮一方佐孝公而撫八荒矣乃有大謬不然者孝公薨太子立公子虔之徒告商君欲反吏捕之出亡無止舍卒至車裂而死噫是非鞅作法自斃與倘鞅以先生之道未能盡用於秦欲行變法因時制宜教養兼施恩威並濟師趙良之言顯巖穴之士敬老尊賢怨於何有則鞅雖欲去商於之地灌園食力民且謳歌之不足豈

至於無止舍哉故曰鞅之變法乃逐末之道不知興亡治亂之本也其名惡族滅復奚疑哉

傲樵先生曰義正詞嚴能使商君低首

張子房論

古人遇事每歸諸天是豈迂論哉嘗讀太史公留侯世家益信子房之知固熟察天下之大勢救生民於塗炭以上應天心者也夫留侯之擊秦誤中副車天也秦大索天下而不得亦天也不然留侯不幸爲暴秦獲則留侯已矣漢於何有留侯固非輕於一擊吾知其必不能忍若其能忍何有於一擊以其一擊乃

能忍唯其能忍故能得圯上老人授書得授書故能佐高祖有天下夫如是謂非天而何迨功成身退辟穀從赤松子遊此亦足徵子房固志在天下初不在為韓復仇已也獨惜千古豪傑之士往往以功名始以禍患終是不能自全其天者固不逮子房遠甚亦大可慨已

傲樵先生曰議論警闢突過前人讀至後幅為君浮一大白

今韻古分十七部表注序

今之作古詩押今韻者夥矣其所押之韻與古韻同

不同通不通皆所不計誠可笑也吾聞之傲樵先生曰向者湘綺先生之作漢魏文也必用漢魏字故其作古詩也必用古韻不似作古詩押今韻者之自相矛盾也近世之講古韻者以崑山顧氏婺源江氏金壇段氏爲最著而以段氏爲精密乃舉是書示余使鈔而讀之更當因其部居次第爲之詳註則便於取材余謹受教既録是書復將廣韻割裂按部分配以當詳註今而後凡有取材可無東翻西閱之勞矣

傲樵先生曰古調獨彈

杜工部集箋注跋

己巳冬余得是書於春申江書賈以八金易之凡十二册都二十卷間有缺葉熟視之殆非蠹蝕如第一卷第八卷第十四卷第一葉之缺必藏家有圖書印記故毁之蓋清高宗時以錢氏初學有學二集語涉誹謗遂毁其板故學者視錢氏所著書不無戒心是書爲錢氏箋注其中有蒙叟錢謙益牧齋字樣皆墨塗之是此書爲乾隆間藏本無疑也嗚呼錢氏不能殉節於一時獨詠歎於文章冀發奮於士子則錢氏之心苦矣然錢氏書之毁板亦限於初學有學集而已奈何是書亦懼波及耶此則余所不能解也

傚樵先生曰左袒蒙叟不為無見

唐皇甫湜浯溪詩刻跋

此舊拓唐皇甫湜浯溪詩刻傚樵先生所貽並示以詩刻在湘之祁陽縣埋沒於榛莽中者已久不復可尋矣又示余金石萃編王氏昶跋云此詩缺泐三字（煦按即次只而三字）今檢全唐詩補注標題題浯溪石四字而詩首句云次山有文章似係贊美元次山之中興頌也然意無專指惟石屏立衙溪口啼素瀨是即指刻中興頌之石屏也此刻與全唐詩不同者二字溪口啼素瀨徙倚如有賴全唐詩啼作楊賴作待當是傳

本有別也詩末句題曰侍御史内供奉皇甫湜書新唐書傳湜字持正睦州新安人擢進士第為陸渾尉仕至工部郎中東都留守裴辟為判官其官侍御史内供奉傳所不載其書此詩亦無歲月因附元和之末持正在元和時最有文名幾與昌黎相等觀昌黎和陸渾山火詩其能為長篇可見然多不見於世惟石刻中有此一詩洵可寶也余既拜先生之賜因亟錄之以見是拓之難得而可貴先生之貺余者誠厚矣

傲樵先生曰氣疏以遠

手鈔詩說跋

傲樵先生得明辥詩說以示煦曰僞書也然持之有故言之成理殆與子貢詩傳同晚近傳本絕尠子盍鈔而存之煦按四庫全書總目内詩說一卷舊本題曰申培撰亦明豐坊僞作也何楷世本古義黄虞稷千頃堂目錄毛奇齡詩傳詩說駁義皆力斥之然明代詩說家以其言往往近理多採用之遂盛傳於時而奇齡亦不以其說爲可廢故於依託之處一一辨之特詳竊謂古書真僞混淆者多矣無論其爲經史子集真者珍之如拱璧僞者棄之如敝屣凡人之見

皆然茍非獨具隻眼鑑別真偽安得不隨人之說為是非耶古者文以載道書以傳道崇真黜偽莫嚴於經誠恐異端之亂正道於是乎非正道之經則斥為偽書寖假而至於史子集則與經有別矣夫士不得志而從事著述恐其說之不傳不得已而託之古人謂之偽書固不若異端亂道之經典之為害也匪惟無害茍其言有當未嘗不可取既可取雖偽何傷嗚呼士不幸生當晚近立德固難立功亦不易乃懃懃焉冀立言於不朽胡不自署其名而甘以著作之權讓之古人殊不知後人將以其偽而掊擊之解人難

索其志可哀此予所以鈔是帙之意也

傲樵先生曰不持苛論能使僞書人俯首

蘭亭序跋

嘗聞吾師傲樵先生云秋碧堂帖爲清真定梁蕉林相國所刻不知燬於何時拓本今不易得此蘭亭帖疑趙模臨摹與向所贈之松雪書洛神賦均是初拓本尚其寶之余拜賜之餘狂喜無似裝池既竣謹識卷末時癸酉秋分日

漳州佛頂尊勝陀羅尼經幢跋

昔聞傲樵先生言閩之石刻最古見於前人著錄而

今存者三李陽冰般若臺題識蔡襄萬安橋記劉鏞佛頂尊勝陀羅尼經幢是也余嘗託人市般若臺題識舊拓於閩侯市萬安橋記於惠安而漳州佛頂尊勝陀羅尼經幢求之三年矣今秋故人謝君韵和因其友嚴小棠屬工拓之以貽余為之稱快者累日噫鄰江與鷺江相隔不過一衣帶水之遥何求之三年之久而始得豈亦有數耶經幢刻於唐咸通時故俗呼咸通塔舊在開元寺咸豐初左文襄督師漳州毀開元寺為考棚經幢亦遭摧折龍溪林廣邁孝廉收拾殘石運至其家以石灰黏之凡缺四百餘字民國

某年移至公園覆以亭扃鑰甚固拓之既不易得之爲甚難此本雖缺字益多其存者神采奕奕筆意絶似褚登善雁塔聖教序豈不可寶耶時癸酉冬至前三日

石鼓文跋

右精拓北監本石鼓文市之山東碑賈初索價甚高莫能致閲兩月餘竟以廉直得之第八鼓已成没字碑姑存之以足十鼓之數總九鼓文清晰者二百模糊者四十許半泐者七十餘凡得三百十有餘字與吴玉搢所見本脗合然攷之金石萃編古文苑潘迪

音訓金石存郭秉詹臨本未符者數見因作釋文如前時癸酉冬至日

先大父泰亨公制藝選鈔跋

歲癸亥煦避地鷺江時携帶舊書中有制藝鈔本字體秀逸初忽之不遑審視束之高閣者有年矣今年暮秋移寓父詰煦曰向曾見爾祖手鈔制藝一帙藏之何許煦始悟前舊書中物為先大父遺墨急搜篋獲之以獻父曰然此爾祖手澤好為珍藏以示孫子可也煦謹受教念先大父善擘窠書煦每以不獲真蹟為憾今既獲此能無寶諸乙亥大雪後五日

秋柯草堂硯搨跋

右硯搨一卷乃秋柯草堂李潤堂氏拓其所藏端研以貽同好者也潤堂名廷鈺同安人清壯烈伯長庚之子家藏金石書畫甚富其官潮州提督時得端研尤夥遴其佳者手自題識今散佚盡矣是帙為圖凡一百有奇吾師傚樵先生於鄰江舊肆得之數年前特賜余余珍藏之未嘗輕以示人丙子夏有持研求售者余觀其銘為秋柯草堂物喜甚校以是帙所有脗合遂以五十金易之得研後重裝是帙爰識數語於卷末時丁丑上巳

舊拓陝西本孔子廟堂碑跋

右舊拓陝本孔子廟堂碑爲吾師傲樵先生所賜且示煦曰是拓爲黔友贈我者清中葉時其先人宦游滇中得之故家紙墨俱舊殆明以前物爾其寶之煦拜而受之按孔子廟堂碑見之前人著錄甚夥宋黃山谷詩曰孔廟虞書貞觀刻千兩黃金那購得蓋原石在唐初即燬於火當時拓本已不易得況後世乎今世所傳陝本乃五代時王彥超翻刻歐陽公作集古錄時已有缺字至金薤琳瑯所載缺百七十九字王虛舟所見缺百八十六字是拓則缺二百餘字以

紙尾有損壞佚去多字非拓時所缺也傲樵先生謂

爲明以前物不爲過矣煦叨厚賜安得不拱璧視之

乎裝池既竣謹識數語於卷末時丁丑立夏日

王樓山先生畫軸

是軸爲同安高振聲茂才所藏軸端若干字其手題

也攷樓山先生名恕字中安又字琴齋清康熙進士

乾隆間官福建巡撫有政聲少時讀書樓山學者稱

樓山先生此畫或其官福建時所作不知高氏得於

何所高氏歿後其家人鬻於骨董肆余偶見之携以

問吾師傲樵先生先生曰此指頭畫高章之之流亞

也越月餘乃以數金易之

道因碑跋

右歐陽蘭臺書道因碑吾師傲樵先生得之龍溪紙墨甚舊殆明以前物惜原逸百十四字余校以影印呂海寰拓本其中可以聲融之聲字呂本缺上半此完好其餘泐畫無甚異謂此本爲明以前拓當不誣矣是可寶也丁丑冬吾師持以賜余余初不敢受師曰吾家猶有宋拓本爾其毋辭余乃拜而受之惜乎煦案牘勞形退食乏暇墨池筆塚有志未逮叨此厚賜感慨奚如校勘既竟謹識於後

明拓曹全碑跋

右拓爲呂西邨先生所藏本校之坊間影印端匋齋所藏自以爲海内初拓第一者有過無不及也匋齋是拓有萬曆間沁水張忠烈宇衡及清盛伯羲二跋皆稱爲初拓本而匋齋跋云余藏曹全碑不斷者三以視此本盛伯羲所謂堪供爨具者李芝陔先生有曹全碑一本自詡爲海内第一然終不如此本之見碑即施氈蠟者爲真第一也此碑經周蕙生之鑑藏又有盛伯希之手跋洵不愧大寶矣初余獲是本呈吾師傲樵先生監定曰此明拓乾字不斷本致佳向

者余寓燕京時有持不斷本求售者不及此本遠甚猶索直三百金况此本非千金不易得君其寶之然此本既勝於匋齋藏本則其爲難得可貴爲何如耶欣賞之餘濡筆記之時戊寅立夏後三日同時得粤吴荷屋藏三佛頭聖教序

明槧六臣注文選跋

是書乃吴郡袁氏嘉趣堂重刻宋廣都本嘉靖十三年甲子孟春正月開雕斷手於二十七年十二月歷十四年之久書品甚佳亦無蠹蝕不知何時流轉鷺江爲黄潤仁先生家藏潤仁先生者清茂才也既博一衿遂輟舉子業不求仕進博覽群書習歧黄術身

後蕭條書香中斷戊寅孟夏友人舉是書之首本求售議未定而廈門失守意其付羽化矣閱六月友人復携全帙而示余余喜出望外遂傾囊購之是時廈之藏書非散失則灰燼而是書竟不罹劫而歸余豈有數乎余既得是書携之過江狂喜幾至落水云是歲中秋前三日

端溪硯史摘要序

己卯夏日公餘多暇偶於斷簡殘篇中檢得友人所假端溪硯史其書爲嘉應吳蘭修石華氏所撰彙集衆說加以按語斷以目驗可謂詳備而精覈矣余近

年來獲端石一二漸有嗜痂之癖且欲窮研端石之原委患未有詳備而精覈之書以資考證今閱是編實獲我心然余性魯讀不能強記因摘其至要者手自錄之非有舍魚取熊之意吾將藉此爲考證之資云云

壽菽莊詞丈七十二文

菽莊詞丈高風亮節於四十五十六十六十六攬揆時見於海內知交詞林之壽文七十時吾師傲樵先生客厦門必有鴻篇鉅製壽之恨吾未見蓋是時丈旅居滬瀆吾客嶺南中原板蕩道路修阻不知是篇

浮沉何處如見之必於丈之爲人行誼既詳且盡何須煦之喋喋也雖然今者丈年七十有二時際昇平酒飲中山玉樹臨風蘭蓀繞砌幔亭開宴其樂難量此煦不能已於言又不可無文以紀之竊聞古之壽者韓子曰人之性壽孔子曰仁壽世之人乃有不修性壽而修仙壽者何哉或曰神仙長生可羡故練形服食以冀登遐殊不聞白石生謂天上更苦於人間然則何貴乎假道崆峒問津姑射以求長年哉修性壽猶仁壽也仁之於性猶食之與味澹涵無際當天地閉塞人禽雜揉不知其然不見其有是故禍亂不

知爪牙不懼如老子云善攝生者陸行無虎兕入軍無兵刃是也是以丈僦居滬濱視烽火兵燹無有患者舉家孫曾五十餘人壯者持籌握算安其居樂其業少者遠涉重洋學屠龍之技傳佉盧之書得其所食其力（少君四五十歲者七人女出閣者八人孫男成年者十人曾孫八人）而丈未嘗介於懷憂於中者修身養性同諧過從傾尊烹茗時而選石聽泉問竹移花時而嘯侶命儔吟風弄月終無塵世細碎事得掛吻眉者是誠歷落澹淡之人矣然有介者則吾師與煦耳何則二人同心其義斷金一在江之湄（鷺江）一則嶺已南（珠江）鴻雁不能通游魚不能至音問久杳

兵寇沸訌風雲險惡變幻萬千抱為隱憂耳及羶腥一掃河山還我江東嶺南幾如一家飛潛可通郵傳既速朝發夕至雖遠隔千里音書晤對則又何所攖慮乎詞丈仍可養生修性夫如是吾何以測丈年壽之所屆乎而丈又何羨乎武夷君廣成子王喬郭汾陽哉故於丈七十二之辰願晉南山枸杞以當瓊膏擊鬮土鼓音以佐笙簧丈當展然笑其樸率也

先叔父實衷公行述

公諱明淳字躋仁實衷其號也為先王父泰亨公第四子先是先王父設帳於鄉筆畊而食公嘗從兄樵

薪供炊以助家計年二十五始應童子試縣列前矛方謂取青紫如拾芥詎料科舉報罷竟不能博一衿無何清室亡矣公遂從事教育創辦禎庵兩等小學堂嗣以經費支絀學子寥寥猶力為支持歷五六年又慨鄉村民智未開爰集同志組織增智閱書報社歷三年亦以經費無着而中止居嘗怏怏病根已伏叔母陳孺人生子一女二子名啓濤性穎悟五歲教以文史琅琅成誦公甚愛之未幾殤公以慟子故患肝胃病醫者悞投烈劑遂以不起得年僅三十五嗚呼哀哉今畧述其梗概俾世之知者而為之傳意潛

德幽光必有發之一日云

儆樵先生曰敘次有法

先祖妣林太孺人行述

先祖妣林太孺人閩海澄邑庠生樹馨公長女也年十八歸先祖考邑庠生泰亨府君當是時家徒壁立恃先祖考所得修羊贄雁以供饔飧先祖妣晏如也先是先祖考幼失怙恃上有祖母祖孫二人相依爲命先曾叔祖哀而撫養之零丁孤苦至於成立矣志讀書老困場屋僅博一衿是以一寒至此然鄰里有窮苦者先祖妣嘗節衣食以助之人莫之知也一日

有一老丐行乞過吾門先祖妣與之食及錢吸煙乞火目不能視先祖妣且為引火老丐至感泣而去二者獨能為人所難先祖考顧而樂之其事祖姑孝相夫敬教子嚴親鄰愛物治家有道井臼親操祭祀以時粢盛自理時有女宗之稱體素強健性耐勞苦垂老患消渴疾醫治至十五六年不能瘳迨丙寅夏手足不仁既而醫愈疽忽發背旋又醫愈詎知體日益弱遽爾長逝嗚呼痛哉時民國十有五年丙寅秋九月十八日子時距生於前清咸豐五年乙卯四月十七日丑時享壽七十有二歲先祖妣生丈夫子四長

明通次明漢棄儒從商三明澄經營南洋先卒四明淳承父業授徒鄉里以痛子故先卒孫煦明通出供職厦門海關啓洲明漢出啓濤明淳出洲與濤均先卒曾孫紹榮紹華皆煦出煦不文畧述先祖妣生平事蹟如此

傲樵先生曰至性至情迺爲至文

女淑媛校字

風月平分草堂詩存

海澄江　煦

驚鴻

萬里前程莫憚遥冥冥天外見風標笑他燕雀非知己顧影何須歎寂寥

弱柳

冶葉倡條不耐風亂鴉啼處夕陽紅章臺走馬人安在一抹愁眉畫未工

敗荷

無端翠蓋戰西風水國秋來墜粉紅太息六郎憔悴

甚容光消瘦鳳池中

呈金鞠逸先生

滄桑迭變幾經年閑愛山僧結靜緣一點靈犀開覺路好隨丹鶴入遥天

遣懷呈廖古香先生

宇宙無窮極日月去悠悠人生天地間放懷隘九洲華屋實徒然膏粱信足羞達人貴知命居易自有由葵藿甘充腹忍逐猛虎謀負郭居陋巷棲豈野雀求孤高愛雲月一任呼馬牛興來時命駕高岑豁遠眸長嘯激谷風援琴落木秋子然顧形影其心則休休

饑餐落菊英短褐披雲裘願策我良馬長揖從浮邱
憶昔期閬苑而今恥封侯竪子滔滔是衣冠類沐猴
浪蕩身自在川流不繫舟東西南北人到處恣雲游
會當凌五嶽山川一望收更愛匡廬勝鹿洞擅清幽
就中有一老衣砵紫雲留詩教經傳久江河大地流
斯文幸不墜南來志已酬何時親几席悟道溯源頭
既觴且復詠陶然聽沉浮

醉歌

人生有酒胡不飲百歲光陰未足多金石朝露徒復
爾忽今金尊空摩挲沙蟲猿鶴同一劫英雄竪子今

如何聖者爲清賢爲濁空山寂寞獨長和笑解貂裘當壚換醉來還走胭脂坡

題潘次檀龍潭故居圖

清溪曲曲環山青浮雲曖曖天陰晴寒潭石凍魚蝦蟄人煙盡處龍吟聲自從避地仙源入不管强胡與暴秦芙蓉如醉桃花笑恰宜潘令河陽稱修竹千竿茅茨掩邃材森列如柯亭時還徙倚攤書讀好鳥枝頭嚶嚶鳴夜静獨自撫緑綺高山流水無人聽興來飛觴醉明月邀客花前鬥酒兵傑閣臨流鑑形影危亭俯瞰誰濯纓人生之樂樂如此何必中原逐鹿爭

一丘一壑吾所願人間朱紫徒虛榮我自欲歸歸不得（田廬遭亂丘墟）問君何事十年行三徑就荒存松菊應知稚子詢歸程秋風忽動蓴鱸感疇昔季鷹稱達生乃今神遊輞川裡難得摩詰畫圖成

浴佛

名山逃禪了無緣塵埃野馬迷諸天優婆夷與優婆塞龍華勝會人聯翩菩提樹下誰卓錫年年涌出華清泉一聲清磬飛花雨瞻禮寶壓何莊嚴七寶牀頭獅子吼老僧驚起青蒲團

無題

不數瑶臺碧樹瓊花枝請看修態驚鴻姿姍姍微步廊絶響知是身輕漢昭儀廣袖六銖連理帶碧玉年華真少艾明眸流盼百媚生一顧傾城情曖曖清歌一曲聲靡靡起視天河星斗移自云十三學曲成南轅北轍長奔馳苦恨東風花無主背人常作杜鵑啼我本江湖同落魄重聞此語心悽悽相憐何必曾相識人生有淚青衫溼問誰能作護花鈴天涯芳草無情碧

題小玉象

頭上青絲髮耳中明月珠秋水神離合春山意有無

紅白左右醫何用粉與朱歛肩若削玉舞腰曳輕穤

借問年幾何十五頗有餘不言共知美誰能不稱姝

巧哉長康技真真喚畫圖

落花

今日泥中悴明年枝上榮逢迎蜂有語惜别蝶無聲

腸斷隨流水魂銷聽囀鶯天機原往復吾亦悟吾生

金鞠逸先生曰澹然意遠

山居

為避塵囂愛僻居柴扉靜掩樂琴書漫教俗客來題

鳳時挹清泉不羡魚怪石擎天山鬼立巢松待月鶴

翎梳醉時只下梅花拜淡影寒香繞我廬

黃梅時節困人天窮巷幽居不計年拈韻桐陰清溽暑敲棋洞口冷飛泉池塘處處蛙聲閙樓閣重重月影圓人世幾何真似寄得流連處便流連

金鞠逸先生曰寫景入畫

壽道南和尚

無生無住去來緣歷盡中千與大千臺上繙經披貝葉坐中入定破蒲團寒山度世詩三昧明瓚知人相十年賜紫歸來還說法戒壇銘待李邕鐫

奉和傲樵先生詠梅四絕次韻

我亦漂零憶故家盈盈一水似天涯春風又見開桃李（受業一年）消息先傳萼綠華

粧點孤山客未回和羹閒事待將來衆香國裡無顏色生面而今要別開

西園雅集笑諸公東閣吟香壓放翁醉倚雙聲修笛譜艷情都在酒盃中

一萼紅腔換柘枝探梅人似蓼園時洞天深處花長好世外游塵總不知

丙寅冬日游白雲巖朱子解經處

雲深莫問路西東絕壁凌霄夕照紅一自滄洲歸卧

後辦香底處溯宗風
異學爭鳴道統微丹巖遺蹟認依稀千秋絕緒銷沉久逃黑逃楊無處歸

戊辰元旦試筆奉寄朱遯叟先生

六龍整馭健大地又春回柏子焚金鼎屠蘇引玉杯端居驚紀歲凌亂歎懷才霖雨蒼生願更新萬象來

和作　　朱遯叟

椽筆樓頭紙花前讀幾回多君安報竹慰我喜擎杯日月原同照風雲却患才名香宵未燼前承患香切禱太平來

疊韻寄遯叟先生

引領瞻鴻影，西樓日幾回。歸雲縈萬疊，舉酒快千杯。豹隱宜韜晦，龍門顯異才。風檐展詩讀，明月故人來。

和作　朱遯叟

江淹情鄭重，尺素去頻回。閏紀花生日，詩成酒滿杯。趨公勤委吏，嗜學見清才。明月西樓夜，思君夢欲來。

哭古香先生

鴻雁遲三月，人天異路分。春秋傷絕筆（憒庵集梓成，先生歸道山），詩卷冷殘芸。溢浦鶩沉宿，匡廬乍斷魂。高山安仰止，蒿里

孰傳聞

金鞠逸先生曰：詞意真摯

述哀

歲己巳正月二日煦歸自鷺江諗叔父明漢公知其病肺不治越六日逝世矣彌留時有伯道無兒吾將累吾兄及吾姪以身後事之語嗚呼哀哉

生離卽死別寧不悔歸遲消渴非關酒途窮欲何依黯黯竹林竹阿咸淚如絲何況連枝樹悲更無已時窆不臨其穴蓋棺從未知招魂何處是夜台任所之可憐黃麥飯清明以爲期

壽菽莊先生五十五

有斐君子養晦孤山解后佳客鶴舞雲間載歌載詠和樂且閒長風九萬歘其鵬摶寓公縣弧詩續雲安南極老人弱水飛仙俯視齊州九點蒼煙歸與歸與尊酒言歡

秋風辭

秋風起兮雁南歸秋草衰兮落葉飛室邇人遐兮想依稀

秋風起兮明月輝珠錯落兮鮫淚揮峽猿腸斷兮啼聲悲

秋風起兮白露晞獨憑欄兮頭乍低懷佳人兮搴羅幃

即事

七十九年劫灰死咸豐三年太平天國侍王李世賢臨漳州殺男婦數十萬人赤眉今又掠空城楚囚對泣兼金贖越女承歡禁臠成避地逡巡方免脱過江隱約似蛇行徬徨歧路家何在欲叩天閽弔衆生

題伯行柯亭圖即壽其四十初度

勁節柯亭竹莫愁知者希有人繙笛譜雅奏鶴南飛

壬申九日侍傲樵先生登日光巖訪馮少仲

黃花猶未放楓葉却先凋綺散丹霞影鐘催白鷺潮

携囊登古洞握手入僧寮不與龍山會（楊少槩招鷺江詩人於虎溪巖作登高雅集余與微楳先生謝不往）同來慰寂寥（少仲方丁母憂假僧舍爲苫所）

癸酉羊日補山園賞梅雅集菽莊主人即席賦詩次和兩絶

雞年紀事月書正春入鷺江天放晴香海縱觀詩眼福座中佳士盡知名

論詩說賦快銜杯疎影暗香須艷才枯管愧無花五色梅邊覓句晚歸來

原作　林叔臧

花曆依然夏小正春寒料峭午天晴客來㕘說孤

山路處士家風浪得名

韻事風流酒一杯座中多少謫仙才醉吟索取梅

花笑笑我拋瓢引玉來

讀大醒上人行脚詩書後

世路多險巇行行良獨難上人得行脚飛錫游名山

韻語㕘玄風詩卷留人間遠公好遊侶東林日盤桓

得句初月上高吟白雪寒興盡關自閉入定破蒲團

人海皆寂寞如來本隨緣吾生亦云勞難得半日閒

會當理山屐乘興叩禪關杖策同舒嘯將毋三笑還

春日得雲谷道人書感賦

一春消息報來鴻病入新年兩處同蕙質未如蒲柳弱藥鑪好似杏花紅亦知天地為傳舍獨憾文章不送窮問字有人嘲可解草玄漫學漢揚雄

九月十六夜菽莊主人招飲眉壽堂月下侍傲樵先生聽紫若彈琵琶漫賦一律

談瀛軒外話清秋良夜何須秉燭遊碎撥繁絃催月出孤飛倦鳥向林投香山感遇悲紅袖秘監知音歎白頭曲罷江流聲不斷長橋踏徧且勾留

甲戌九月既望同沈紫若藏海園四十四橋步月感

賦

素魄明如鏡木犀香倍清天空飛岸影地撼晚潮聲

滄海鮫珠淚秋風雁陣驚玉人無處覓踏月步虛行

古琹 敍莊消寒第三集

蒼岑挺孤幹奇材搜嶧陽朱絃抑何雅烈山鼓其芳

焦尾中郎賞宮商音繞梁松風生萬壑危巖滴寒泉

綠綺佳人感雍門悲孟嘗嗟嗟憐投楚傷時龜山歎

孰云空桑美悠悠知音難

和龔樵生甲戌除夕感懷之作

吁嗟乎光陰流水去不回人生少壯能幾時富貴功

名那可保可憐白骨縈蔓草後凋松柏歲寒心八十垂綸釣渭濱雲龍風虎會有時皓首窮經何須悲祭詩酒脯應有餘醉後好作獻歲圖三萬六千場無幾胡爲悼亡錦瑟擬莊生懸解實諧謔哀臺駘亦非鑄錯桃葉渡江打槳迎竹裏煎茶喚樵青金帶之水何沄沄碩人邁軸避囂塵肘後有方長生藥名山著述不虛作君不見喬復生王再來艷歌一曲能使笠翁笑顏開又不見鄭虔三長稱絕學老來坐破青氈猶復樂其樂

春潮 菽莊消寒第八集

蒼茫煙水海天遙帝女寃魂恨未消淚灑桃花流不盡朝朝暮暮作寒潮

春草（莊萩消寒第九集）

平蕪千里碧如絲底事王孫尚未歸野火年年燒不盡東風著力爲誰吹

乙亥夏日萩莊主人寄示廬山卽景之作次韵和之

小隱匡廬獨買山著書人似在函關（聞主人方注道德經）心忘世味鹹酸外手擘雲根縹緲間林靜日長蟬自噪（聞牯嶺多蟬吟聲不絶）天高風急鳥知還歸期莫負黃花約把酒東籬看醉顔

菽莊主人寄示識廬書感一律次韵和之

廬山深處白雲天煙火爲鄰屋數椽（主人前寄示廬山即景詩有林中煙火悟人間之句）鹿洞傳經摭殘竹龍潭洗耳枕寒泉掃空五蘊人如佛驚走羣魔句欲仙何日從遊適我願狂歌笑拍洪崖肩

秋興

瑟瑟西風徹夜吹桐階露冷候蟲悲魚龍寂寞空江靜鴻雁歸來遠道遲杜老躭吟身是客潘郎作賦鬢如絲却憐皎皎中天月曾照離懷若箇知

落葉紛紛逐水流鯉魚風起白蘋洲饑來志士心常

苦吟到秋風句亦愁骨傲祇應黄菊似酒香每為白衣留新陳代謝尋常事何用虛名萬歲憂

傲樵先生曰兩首詩意甚佳

菽莊賞梅口占

夭桃穠李各爭春輸與梅花解笑人一種寒香誰得似風流水部瘦吟身

傲樵先生曰看似無意却能占身分此亦詩家上乘禪

又曰何水部似梅花其説陳矣説梅花似何水部則翻陳出新矣解此不患與人雷同

丙子閏三月上巳菽莊小蘭亭修禊率爾成篇

暮春生意好茂林樹扶疏耕煙聞啼鳥臨淵莫羨魚欣欣此佳節知閏桐葉殊流觴觀清泚攬勝窮崎嶇花影暎重階時珍甘園蔬鬥韻落雲藻射覆探驪珠汎論齊萬物貴足不願餘怡情在丘壑孰云吾道孤

傲樵先生曰典午風流

又曰蘭亭集詩但寫景而已不沾沾於修禊也古今體之辨在此世俗詩人知此者希矣作者神與古會特佳

次韻壽馬亦籛六十

海濱鄒魯喜同鄉名士閒居景異常瑤砌生新環玉樹泮宮懷舊採芹香風雲大地龍兼虎福祿故家鴛與鴦甲子平頭雙寫照珍藏詩稿錦爲囊

牙籤插架未爲貧種竹栽花別有春四座談玄無俗客一杯浮白盡騷人傳書天外來青鳥垂釣池中得錦鱗三萬六千場似夢何當唱和遣芳辰

葩經談罷感蓍莪風火輪中兩鬢皤握算白丹覯世變上書賈誼患才多國奢應笑狐裘敝宮在何妨蝎命磨此日隔江誰弄笛南飛一曲鶴來過

大樹輪囷匠石憎斧斤無恙歲華增高翔不礙雞羣

鶴遠到多慚驥尾蠅如此江山看赤壁是何意態對

青燈養生惟有琴書好莫道參禪似老僧

春日感懷三首

東風一夜落江梅隔岸桃花次第開浪蝶狂蜂生意

好雙雙飛去又飛來中日之役漢奸跳梁

陌頭楊柳解垂青搖曳風前百媚生燕子多情尋舊

主破巢重整費經營

手把金尊唱柘枝眼看原上草離離人生有酒須當

醉況值韶光正好時

春柳

永豐春色上柔條眼看青青魂欲銷白傅風懷誰得
似秖今人說小蠻腰
走馬章臺意氣豪春來無減舊風騷誰家新種藏鴉
樹一角紅牆數仞高
夭桃穠李門嬋娟眉樣遠山京兆傳顧影曲池憐綽
態春慵三起又三眠
細雨如塵唱渭城誰繙笛譜作新聲一枝贈別陽關
去長策青驄萬里程
和漢張平子四愁詩
我所思兮在江東欲往從之無艨艟登高遠望心忡

冲美人贈我秋江鱸何以報之靈蛇珠路遠莫致費
躊躕何為使我淚沾襦
我所思兮在嶺南欲往從之山巖巖登高遠望心如
惔美人贈我香木瓜何以報之翡翠華路遠莫致長
咨嗟何為使我淚交加
我所思兮在西川欲往從之蜀道難登高遠望心悲
酸美人贈我尺素書何以報之雙瓊琚路遠莫致立
斯須何為使我淚漣洳
我所思兮在薊北欲往從之風雲黑登高遠望心悽
惻美人贈我雲錦裳何以報之七寶箱路遠莫致獨

徬徨何為使我淚成行

傲樵先生曰叩寂求音不差累黍先正典型於斯未墜

客感

世路孟門險人情冷暖哉相親雙燕子飛去又飛來

玄亭時載酒還讀古奇書靖難無長策風雲任卷舒

傲樵先生曰激昂慷慨節短音長

花朝漫興

綠楊依舊舞春風杏靨桃腮相映紅我自低吟卿撲蝶有人高唱大江東

冶葉倡條相對歡踏青女伴共盤桓無端作劇東風惡吹縐一池水半瀾

傲樵先生曰風格近龍標人或以為似漁洋者非

探梅

灞橋風雪日紛紛芳信迢迢未許聞懷古傷今惟庾嶺新將軍似故將軍（昔人庾嶺種梅爲將軍梅鋗也）

羅浮同夢月空明踈影暗香誰倚聲眷屬一家消息好歲寒三友最關情（謂菽莊主人與我師弟）

己卯七月七日侍傲樵先生小蘭亭禊飲率爾成篇鄄呈菽莊主人春申江

凉風忽已至赤帝戢炎威玄蟬鳴高樹秋聲令人悲
回顧春修禊景物今全非載酒小蘭亭落葉拂我衣
秋禊人久忘懷古願無違一觴復一詠流連對夕暉
側耳聆遠音天邊雁羣飛嗟哉他鄉客倦游何日歸

傲樵先生曰意境氣息近曹氏兄弟

和繡伊先生嶺南噉荔之作

南游不管海揚塵品色題香費受辛風味何如王十
八荔枝譜在問詞人

新元旦（己卯十一月二十二日壹天消寒第一集）

三統由來曆不同疇人莫漫醉歐風節過冬至陽來

復訓攷周時法變通世事悠悠如夢裏卿雲縵縵在空中消寒且飲屠蘇酒欲寫梅花數點紅

讀烱夫先生和亦籛己夘除夕詩有感卽次其韻

雄視騷壇起異軍掃空餘子說紛紛梅花寫照何平叔藜榻卧游宗少文守歲祇應樽酒醉祭詩贏得辦香焚一年韻事重回首幾度高歌倚夕曛

黃瓜魚 壺天消寒第九集

每作臨淵羨滄溟獨自吟細鱗巨口者閃鑠被黃金何時點絳唇薑桂勝秋蒓侍婢金盤膾玉壺長買春

傲樵先生曰縷金錯采似顏延年

庚辰七夕書感

井梧搖落又蕲秋獨上鍼樓看女牛玉露盤珠仙掌動金風翦水月華流人間自有文章巧天上幾曾離別愁庚信江南哀作賦可憐戰鼓底時休

七月十八日處暑夜凉有作謹次傲樵先生原韻

驀地西風撼碧梧蒓鱸江上客思初月明夜半飛烏鵲書曝日中歐蠹魚餘照倚燈悲季氏長門賣賦愧相如觀雷觀火渾閒事寂寞談玄耐索居

傲樵先生原作

落葉蕭蕭下井梧一窗風雨夜凉初南華仙吏憐

蝴蝶東海波臣笑鮒魚織女機中絲未了金人掌上露何如傷心不為吟團扇老去悲秋尚客居

九日謹次傲樵先生原韻

安得西風掃戰塵哀鴻四野與誰親孤村老樹飄黃葉歷劫芳洲采白蘋落帽不堪思往事悲秋獨自苦吟身東籬對酒酬佳節莫遣黃花笑煞人

傲樵先生原作

烽火餘生苦劫塵客中佳節倍思親晚香誰與吟黃菊家祭應知薦白蘋滿地夕陽歸雁影長天秋水轉蓬身老來那有登高興落木蕭蕭正惱人

擬梁鴻五噫

登彼東山兮噫雨雪紛紛兮噫蜀道艱危兮噫蕭艾没脛兮噫美人千里兮噫

次韻和菽莊主人庚辰冬消寒第一集見懷之作

日出黄綿新襖子天寒白醉古梅花乍聽臘鼓催年矢獨抱冬心感物華雲外書傳人念舊江南景好應爲家何時同飲屠蘇酒一棹歸來道里賒

菽莊主人爲吾師儆樵先生刋寄儆山館詞稿既成志喜

聽秋聲館聽詞話如侍坡仙載酒堂誰惜樵風新樂

府不刊廠肆舊書坊

牡丹一誤繙閩本，魚網千金貴洛陽。我愧西京都水使，秘文校理藉藜光。丁氏聽秋聲館詞話校字者其受業婿胡鑑也

鹿礁海苔壺天消寒第七集

鹿耳礁前春雨足，石華如繡添新綠。山齋寒具獨清供，約醉梅花歌一曲。

傲樵先生曰：不黏不脫，妙造自然。

蟹舍壺天消寒第九集

漂家泛宅冷生涯，公子無腸劇可哀。海上橫行成底用，有人籠斷趁秋來。

蠣房

海國風腥陣陣吹漁翁得利幾人知門牆高峻君休羡請看粉身家破時

蜂衙

世界花花即故鄉傍人門户亦堂皇衆香國似槐安國南面由來是假王

蝸廬

一樣幽棲處士風天然結構有神通從來華屋山邱感蠻觸何心左右攻

五月五日弔古三首

伍員

日暮途窮事逆施英雄結局一鴟夷楚人痛哭吳人笑濤怒胥江爲阿誰

屈原

澧蘭沅芷寄遐思死葬江魚腹亦宜二十五篇詞賦在不然心事有誰知

曹娥

越水之神好女兒應知世有木蘭辭若無於邑邯鄲氏終古何人表孝思

六月六日雨霽同賀仙舫江樓小飲

雨過天青暑氣收，狂歌買醉上江樓。人生石火須行樂，容易秋風感白頭。

愛蓮和菽莊主人 辛巳六月十八日壺天消夏第一集

何處江郎種碧蓮江郎山記江郎山在江山縣南五十里山有池產碧蓮錦雲爛熳護田田亭亭玉立如仙子淡粧濃抹稱天然金帶江頭天接水出水芙蓉映日妍同命鴛鴦七十二碧筩汎酒開瓊筵浩歌一曲為花壽疑是洞庭奏湘絃花氣邊闌三十里容與沙棠塵慮捐樂極悲生風景殺花花葉葉難求全空令主人懷周子花之君子天下傳

原作 林叔臧

平生何所愛愛菊尤愛蓮愛菊香晚節愛蓮濯清漣憶昔營菊圃蓮池在其間長夏盛開日嘉客相流連碧筩杯共醉艷曲歌田田無端遭蜚語聚蚊生綠烟種者復有禁割愛絕其根（鼓浪嶼工部局種蓮之禁始于壬戌曾有者以藥水殺之）僂指十九載思之心猶酸江南多此物有若紅豆然通詞託微波曾泛湖上船愛蓮有老佛妙香自在天愛蓮有道學名以君子傳和尚一頑石色界空參禪光風與霽月愧我非宋賢蓮亦不解語相喻於無言

蓮予和菽莊主人（七月初一日消夏第七集）

彼實離離如掌珠，得寵專門堪歡娛。三十六陂秋水媚，六郎經過從驪駒。情絲怕似藕絲斷，蓮頭墜粉隨黄蘆。人生難得心不死，其甘如薺苦如荼。

原作　林叔臧

少讀爾雅書，猶記蓮中之的，的中薏，郭注邪疏不能翔。外甘内苦鮮知味，西風吹老蓮蓬人。彼實離離湖目貴，如珠走盤出房來。𣂏剝雞頭肉，得似閒鷗笑人觀朶頤。今歲難食復明歲，無奈虎猛王稅苛。不管魚戲荷池廢，吁嗟乎，江湖生計苦難言。移根瑤水知何年，春華秋實三千載，蟠桃一例仙乎

仙

辛巳九日書懷

秋風一何厲百物凜餘生草木皆黃落南飛雁來聲
仰首望白雲天朗氣猶清龍山誰落帽參軍猶留名
傷哉蓬廬士感慨時運傾朝朝聞霜角何時請長纓
桑落酒可醉豈云促其齡繁華身外物胡爲空復情

傲樵先生曰神似靖節

癸未十二月既望行役南粤感懷

投荒一去千餘里況復驪歌午夜行舟載離人風例
逆浪翻颶母客頻驚水天相接良無際人我何分共

此生乍過溪山脫險阻彼蒼生我信多情（時中日莫戰爭劇烈）

行役南粵既賦一律意有未盡長歌紀之

夜發鷺江渚狂風怨別離洪濤如萬馬驚奔動地維軒然若山谷天吳恣淫威我獨空憑眺浪花如雪飛白雲等芻狗大浸襄丘陵老驥久伏櫪籠禽今遠征孰云歲云暮行役千里程浮生自飄蕩一葦任縱橫飛鳥爲誰盡游魚怯水清浩浩真無涯吾生若是哉行行皆如此顧盼心肝摧忽見銀帆影夕陽將西沉雲山同一抹舟人喜欣欣（舟泊香港江口）明朝復鼓棹桃源底處尋城郭已非舊人民何紛紛又泝珠江行潺潺聽

水聲星月輝不夜信宿到羊城人馬紛雜沓幸脫虎
口生

游廣州中山紀念堂

矗立豐碑越秀中巍巍堂構擬王宮江山半壁誰為
主大小將軍空自雄（粵人呼木棉為大將軍小將軍）

哭父

先君良材公棄養之明年秋曾夢見之知其已仙
逝故痛哭不已醒時猶淚下今年寒食夜又入夢
族子訪之余告已歸道山言時聲淚俱下為村雞
啼寤枕上感賦一律以志哀思

陟岵傷心年復年，也曾因夢淚如泉。蓼莪詩豈敢偏廢，萱草憂應不忍捐。風木含悲空復爾，鯉庭趨對已無緣。明朝麥飯憑誰祭，遥望鄉關一惘然。（時客嶺南）

越秀曲

越秀山上大王風，越秀山下木棉紅。珠光劍佩今安在，無人得見越王臺。珠江腥臊氣乍滿，（時陷於日寇）何人誓掃應需才。越王臺，越王臺，陸生來。

珠江月夜

蕭蕭落木感無邊，身世何殊不繫船。月映海珠江似練，風飄桂嶺瘴如煙。桅檣倒影龍蛇動，峻宇凌空霄

漢連獨客悲秋涼露白可憐伐鼓尚填然

秋日感懷

烏龍崗上樹森森半郭半村路可尋風過孤松驚虎嘯雨來叢竹詫龍吟烏飛古戍城邊下霜向詩人鬢上侵極目關山多感慨那堪更聽擣衣碪

春愁

東風燕子窺簾幙愁絕伊人事萬千流水無情花有意為憐春色未成眠

于役江門

綠野青田一片平羣山羅列若逢迎孤城落日留殘

照歸棹漁歌唱晚聲四海爲家無定處隻身于役任横行舟人指點蓬江近寥落晨星天欲明

登漁門何東公園石級同内子易靄賢及豪傑二兒山林信足樂何時遂幽棲山花迎人笑春鳥啾啾啼石室藤蘿户盈盈瞰廻溪綠竹臨風舞林密使路迷行行憩復止曲徑循故蹊（數游觀）所歡同懷侶共登青雲梯

過葡國詩人賈梅士洞同黄松鶴

乘桴到海國逐客獨孤吟洞古青苔篆林幽綠葉深子推終此隱叔度偶相尋惆悵豐碑在悠悠一寸心

媽閣即景

名巖傑閣擅清幽十字潮回日夜流門泊漁舟歸唱晚簾開遠岫入吟眸波平自仗慈航力罄响應消塵世愁風火輪中君莫問一生好入名山遊

壽内子靄賢

春風和暖嶺梅開海燕雙棲玳瑁回曲韻琴聲音繚繞花前月下影徘徊瑤池例有蟠桃宴北海何空翠羽罍時節採春應記取聯輝花萼燕春臺

丁亥閏二月廿二日登蘭坡同内子及豪傑二兒

黄楊嗟厄運野草已萋萋白袷春衫窄紅粧翠黛低

秧尖青出水燕子紫含泥蘭浦浮雲白鳳山夕照西
牛羊窮巷返鴉雀舊巢棲山水流連樂人生物我齊

附内子登蘭坡展父墓作

春光景色樂游人花醉柳眠草似茵偷得人生閒
半日雙携麥飯祭嚴親

思鄉

獨上望鄉臺巒烟障不開滄洲原有意白鷺幾時回
故舊歸黃土敝廬長緑苔兒童應問我客自何方來

擬燕臺春十韻答曾霜凌

白鷺風光三十春黛緑嫣紅鴛鴦茵花枝花葉徧相

識蜜房羽客知幾人隨風柳絮千里去憑君瘴花木

棉取玉樹應憐亡國人更闌望斷聞殘語雄龍雌鳳

各東西蓬湖煙露路不迷好將鐵網珊瑚罥天涯遲

暮芳草齊願得瑤琴晨昏弄月明風清露花重添香

紅袖多麗人芙蓉帳裡鴛鴦夢春去夏來又秋風月

夕懷人眷彌重乍得相思花寄遠秋水伊人煙波中

戊子元旦試筆

斗柄昨宵轉今朝物候新迎春花富貴獻歲酒香醇

瓶凍梅初放客游友倍親天倫堪樂敘燕雀共嬉春

十月十九日舟次廈門感賦

江流今猶昔城郭未全非漢官儀重見斯民幸子遺（六年前厦門陷於日寇）

過玉蘭室

玉蘭室傾圮載酒人復來燕雀憐舊壘裴徊舞蒿萊
絳帳今安在弦歌獨悲哉（先師寓此歸道山後室圮長蒿萊）

己丑仲春五十五初度嘯歌

春來秋去自年年祇學疏狂不學仙有意清風常繾
綣多情明月費纏綿塞雲願共浮雲散赤雅還教大
雅傳五拾五年觀世變内憂外患苦相連（余著有嶺南聞見錄）

結廬松山耕牧有詠

匡濟之長才全真養晦來菜因晨露摘花好雨前栽
塗負休嫌豕薪添不仰槐野人歌自得天意豈悠哉

㪚廬風雨吟

㪚廬蔽風雨料峭砭肌膚淅瀝與玎璫笙簧差足娛
何必絲與竹天籟聊勝無道喪向千載歧路獨躊躇
有志殊未騁覆瓿草玄虛耕牧稱其用吾還愛吾廬

山居卽景

嬌艷杏花天涓涓聽乳泉山坳鋤月窟岸曲釣龍淵
粉蝶因風舞文貍伏石眠逍遥何處是浪説有桃源
天空又海濶野老樂無窮窗透芭蕉綠簾搴夕照紅

月明蟲語噪風静竹煙籠況有山歌好不知在客中

新填海吟

愚公古所嗤精衛功足賴青松冠其巔白水繞爲帶黑輪犇其前銀翼翔於外遮莫云窮僻其實乃都會

題松山躬耕圖示内子靄賢

南陽孰可擬輞川若爲圖萬松列翠障碧海涵清虚日月窺甕牖煙霞護草廬羣鴻戲天外潛龍待雲嘘躬耕同所願畎畝樂何如

濠江八景擬作濠門文化會徵登雜誌

東望浴日東望洋山觀日

一輪東海出自覺無炎威棲烏先知曉羣鷗逐隊飛

松壑聽濤松山風來如波濤怒吼

萬馬共奔騰蒼虬日夜鳴羊腸徑屈曲明月隨人行

草堂醉月松山麓亦風月平分草堂煦結廬也

茅茨自可樂明月獨窺人携酒東籬下清輝醉更親

白鴿歸巢白鴿巢公園有葡國詩人賈梅士隱居洞

亦同青鳥使海國傍詩人巢許今何在山深草木春

黑沙躍馬黑沙灣有賽馬場

風高天昏黑遍地煙塵生羣雄爭為首何事伏櫪鳴

半塘春草自來水廠水塘塘畔春草如茵最宜踏青撲蝶

東風昨夜起凝碧乍興波池塘生春草謝郎夢裡哦

閣外漁笛 媽閣外爲漁舟歸泊處

阿閣三重階漁舟趁汐回晚風誰三弄聽者獨裴徊

西山夕照 西望洋山看日落紅霞變幻大有奇觀

天畔醉流霞邊城啼暮鴉波光驚宿鷺老眼爲昏花

黃花谷 在松山之陽秋日野菊盛開

處士多傲骨應恥折腰辱性本愛丘山幽居在深谷

盤桓倚孤松三徑友修竹風月任逍遥遑知世清濁

繁華夢已醒名志甘淡薄秋來鬥風霜勁節羸草木

春蘭自有芳挺秀豈能獨重陽誰就我隔籬傾千斛

寄懷凌霜拙叟

三山五嶺總關情東望江頭海月生蛙鼓無端悲獨客蚊雷底事噪羣英鶴鳴自是蒼穹好蟬噤寧非霜雪驚回首風雲多變幻可憐寥落數星明

小草焉知非遠志天涯到處可為家無才濟世憐樗櫟抱節疏籬愛菊花白首為郎嗟易老孤山放鶴願猶賒天津橋上鵑啼血世事而今似亂麻

女淑女校字

無盡藏廬詞存

海澄江　煦

鵲橋仙

丙子七夕即景

衣香扇影鍼樓悄悄月下麗妹同拜三更私語沒人知恨此水盈盈一帶　昨宵涼雨天街如洗今夕雲軿同載不知會少別離多算歷劫雙星宛在

壺中天

丙子中秋侍傲樵先生壺天賞月寄懷曉山先生

已涼天氣正中秋佳節風恬夜靜瀹茗縱談今古事

月殿誰探勝景玉宇清虛霓裳漂緲仙夢何時醒五銖衣薄大羅禁得天冷　記否鷺島相逢黯然離别萬里天池迴客裏懷人秋思苦怕簫聲重聽漏咽虬壺香飄蟾窟共對嬋娟影尊鱸故國倦游應動歸興

憶漢月

丁丑中秋侍傲樵先生飲於壺天傍晚大雨黯不見月紀以小詞

黄落井梧人静滿院木犀香冷醉來水調且高歌圓缺陰晴無定　紗窗風過處一陣陣豆花驚夢姮娥深閉廣寒宫辜負登樓豪興

傲樵先生和作

十二瓊樓秋靜青女素娥禁冷不愁破削雨東來

秪怕西風無定　壺天人醉卧正一枕游仙清夢

手持玉斧倚吳剛笑我老饒吟興

玉樓春

梅花帳額題詞書後

玉門關外花如雪馬上銅琶誰獨撥壽陽點額夢中

看寫入銷金君莫折　吟香麗句驚奇絕紫玉漫藏

人易竊無端劫火化秦灰爭忍抱殘長守缺

朝中措

詠懷

秋風庭院月華明烏鵲已無聲惆悵渚蓮密意誰知何遜多情　偶然一覺揚州夢幻如醉還醒從此評花品月無端辜負卿卿

菩薩蠻

己卯元夕烔夫先生以水仙花見貺感賦一闋報之

湘妃解佩消魂地金尊莫倚春風醉雅伴有南枝姗姗明月時　獨憐脂粉淡敢鬥銀花艷烟水總淒涼梅溪是故鄉

漢宮春

己夘四十五初度書感

屈指勞生算百年將半游戲人間自憐半醒半醉酒座尋歡花坊柳陌幾曾經私意盤桓風月好煎茶竹裡不知翠袖天寒　舊事風流雲散歎囘頭似夢空費心酸衣裳爲誰作嫁思動江關分陰惜取試吟毫鏤肺雕肝休漫道草玄覆瓿必傳見許君山

傲樵先生曰風格頗似玉田

滿庭芳

己夘三月三日小蘭亭修禊余因公未與讀吾師

傲樵先生滿庭芳詞因填一闋

故國烏衣春江金帶重三愁裏經過茂林深處雅集客無多依舊流觴曲水應興感今昔如何望雲樹天南路遠吟鬢雨皤皤　東風偏好事池心綠水海角揚波歎戰塵滿地鐵馬金戈美景良辰辜負誰知道唱惱儂歌願來歲太平盡醉禊帖共摩挲

傲樵先生原作

嵐影浮空潮聲撼地東風側側寒輕鷓鴣啼處踏碎古苔青舊事永和觴詠空回首吟侶飄零漫贏得洞天似舊春在小蘭亭　傷春人老矣問天何

日殺氣銷兵念鑾江游倦替數歸程滿地落花誰
護應重鑄十萬金鈴待來歲圖搴主客稧飲醉題
名

眼兒媚

書遇

枝頭綠葉已陰成鶯囀一聲聲渚蓮初吐鴛鴦雙宿
打鴨還驚　何時待證三生石幻想賦閒情朝來暮
去奈何天裏辜負卿卿

浪淘沙

書憤

金帶昔沉江回首茫茫潮來汐去逐艅艎一角虎頭無王氣誰掃欃槍　柳絮自飛揚夕照昏黃漁樵何事說興亡燕雀處堂渾不覺幾度滄桑

蝶戀花

百花生日即景

疏雨釀寒愁永晝斜倚闌干滿地苔紋繡陣陣春風侵翠袖遠山螺黛傷春緒　今歲看花人似舊春色平分一霎清明驟恨綺愁羅春織就捲簾莫笑花枝瘦

傲樵先生曰風格似夢窗

菩薩蠻

閨怨

絲絲密雨和煙織一池春水寒凝碧倦繡獨登樓爲誰樓上愁　楊花悲自落賤妾傷飄泊芳草綠萋萋天涯人不歸

鎖陽臺

落花

蝶戀牆陰鶯藏葉底幾番剗地狂風惜惜庭院人倦拂殘紅多事東皇作劇莽回首色已成空斜陽外闌干照影流水去悤悤　懷情當此際金鈴十萬誰護

芳叢悵天涯淪落重見無從腸斷春去何處應記取
鶗鴂情濃聲聲怨飄茵墮溷魂返月明中

江南春

端午鷺江競渡

雲似海雨如油江干人戲水簫鼓鬥龍舟湘纍終古
空憑弔金帶縈廻潮自流

傲樵先生曰一結餘音繞梁

水龍吟

詠白蓮

玉妃浴罷華清素肌細膩嬌扶起紅塵莫染艷粧羞

避身涼如水高柳殘蟬窗前吟苦聲聲秋意看江天
初日芙蓉墜粉亭亭立心白（作平）醉　菱唱輕舠一葉
泛湖光微茫千里蘋花浪蹙蘆花月冷城南應記好
夢重尋鷗盟猶在雕闌獨倚嘆韶華易逝六郎老去
灑相思淚

點絳唇

詠紅椒

辣性生成艷粧不怕專房妬調羹空負恥被彭王汚
味品瓊筵莫漫酸鹹數丁寧語桂朝薑暮一例知
辛苦

前調

詠紅豆

南國佳人生來長爲相思誤幾番風數九十春光暮

明月珠圓泉市鮫人苦君知否杜鵑啼處淚眼零

紅雨

攤破浣溪紗

晃巖朝旭 鼓浪嶼八景之一

突兀雲根壓梵宮老僧空打五更鐘隔岸金雞驚報

曉海天紅　昨日魯戈三舍反今朝羲馭一鞭雄織

鳥遲遲飛不起影瞳曨

減字木蘭花

田尾晚涼鼓浪嶼八景之二

金沙布地幾度滄桑人不記獨立斜陽消受天風陣陣香　雙雙海燕飛去飛來應見慣雲影重重疑是巫山十二峰

菩薩蠻

延平戰壘鼓浪嶼八景之三

草雞一唱人驚曉東南半壁妖氛掃鹿耳怒潮來英雄安在哉　河山悲故國海外鵑啼血誰爲護儲胥風雲知有無

步虛詞

拂淨井泉鼓浪嶼八景之四

玉虎絲牽紅袖筠籃瓜浸寒泉神仙三拂是何年源在洞天南畔　竹裏煎茶味好園中抱甕天全憑君挹注不須錢莫待浣紗人遠井没入延平公園園邊溝渠時有婦女浣衣

憶王孫

升旗觀海鼓浪嶼八景之五

南華讀罷陟高岡煙水茫茫獨望洋嗚咽潮聲白鷺江斷人腸燕子危巢倚夕陽

法駕導引

打球開場 鼓浪嶼八景之六

芳草地芳草地裙展少年場鐵網儼分華夏界兵家並重李陰長蹴鞠異同商

虞美人

藏海明月 鼓浪嶼八景之七

青天碧海何時了圓缺知多少一年容易又秋風底處簫聲驚夢月明中　龍城飛將今安在眼底山河改夜闌人靜獨登樓忍聽潮聲嗚咽鷺江流

醉花陰

補山黃花 鼓浪嶼八景之八

十二洞天金帶曲欄熳霜前菊載酒過東籬醉撫無絃暮傍吾廬宿　足音喜聽來甘谷如此花幽獨傲骨自嶙峋戰罷西風香冷黃金屋

鷓鴣天

送春

開到荼蘼春欲歸杜鵑哀叫鷓鴣啼王孫一去無消息草長瀛洲柳絮飛　風片片雨絲絲蜂愁蝶怨雨依依榆錢滿地春難買天上人間惜別離

傲樵先生曰柔情綺語黯然魂銷

燕歸梁

黄梅時節乍晴乍雨入夜無聊適仙舫見過剪燭

共話漫倚是解

天氣黄梅雨乍晴綠嫩陰成闌干獨倚聽蛙鳴緣底

事一聲聲　故人過我黄昏後罔剪燭莫談兵太平

文致説麟經問天醉幾時醒

浪淘沙

壽菽莊主人

芳訊又榴花紅映窗紗蒲觴滿引醉流霞黄歇浦頭

開壽宇有客思家　龍馬得精華换骨丹砂從知鶴

算不須誇久視長生無量壽數比恆沙

傲樵先生曰冠冕堂皇

更漏子

繡鐵奩南窗夜話

篆香微欄字亞低唱淺斟燈下聽鳳籟數魚更樓頭星斗明　文商略詩咀嚼尊酒還須待約情話短漏聲長閒鷗笑客忙

霜天曉角

辛巳大雪夜與仙舫共酌感賦

霜天月黑怪底潮聲急擊楫中流人杳君勸酒慰離索　傷時歌當哭夜來何處笛吹得夢中人醒看樹

樹梅花白

減字木蘭花

壬午元旦

東風料峭人與寒梅迎面笑爆竹無聲鼓浪嶼工部局有爆竹之禁頌獻椒花祝太平　屠蘇酒好堂上傳觴娛二老送舊迎新萬紫千紅錦繡春

貂裘換酒

壬午上巳小蘭亭修禊即景倚聲效傲樵先生體

雨後苔痕綠凭東風飛揚跋扈朝寒暮燠開到荼蘼春欲盡零亂一襟悵觸又却換稱身春服令節重三

修禊事小蘭亭引水流觴曲情暢叙當絲竹　踏青
底處留芳躅想麗人聯翩撲蝶蛾眉雙蹙回首當年
絃管盛惹得流鶯出谷指香海熙春亭北射虎將軍
今老矣祝昇平海上歸帆速商韻事好賡續
傲樵先生曰寫景如繪頗近玉田

杏園芳

壬午花朝壽姬人清芬

一聲出谷鶯鳴雙飛胡蝶關情輕寒輕暖越羅輕恁
娉婷　前身桃葉分明記渡江我自來迎紅嫣紫姹
百花生壽卿卿

清平樂

杏花　一

一枝紅艷酒暈飛霞臉倦繡深閨門獨掩淚溼胭脂點點　笑他橫路楊絲春風漫道相思惆悵牆頭人老新來消息誰知

前調

梨花

繁花如雪愁對溶溶月人曳縞衣寒側側一縷香魂夢絕　冰肌莫染緇塵傷心絮果蘭因只恐風吹雨打鶯飛玉蝶紛紛

前調

桃花

武陵春早燕已歸來了簾外嫣紅花欲笑怪底東風料峭　避秦記取何年一家眷屬神仙洞口風雲變色落花流到人間

前調

李花

濃陰如幄獨倚朱闌角傅粉新粧何綽約輸與夭桃灼灼　滿園春色繽紛月明良夜歸魂相對無言自媚莫教連理枝分

鷓鴣天

甲申花朝弔湘姬清芬

去歲今朝把酒杯春風拂檻牡丹開而今燕子檐前舞不見花枝月下來　愁乍遣醉方回夢中啼血杜鵑催年年此日肝腸斷除却重逢是夜臺

明澈銀河暗小星飛瓊一霎出仙扃乍驚天上彩雲散長恨人間桃葉青　花雨細柳風輕幾番風雨釀陰晴南來無限朝雲憾秋月春花空復情（時客五羊城）

如夢令

丙戌孟夏我來自東百無聊賴市一揚琴以遣客

愁適茯園女士擅此爲鼓一曲未免有情因倚是

解

道是鶯啼非是道是鵑啼非是怨怨與悽悽都是惱

人情味應記應記人在客邊心碎

念奴嬌

綠窗岑寂看梨花含淚盈盈將滴冷艷丰姿風雨妬

信是傾城傾國風韻清幽誰能獨寫遮莫狂蜂惜從

教春去落花無主悽惻　無奈靜掩柴扉牽愁惹恨

獨自調琴瑟切切嘈嘈彈復唱說盡相思相憶儘道

前身素娥耐冷似亦曾相識風流雲散問君愁乍禁

得

前調

琴心挑動把風花情緒惹人心碎説盡鴛鴦成好夢

密意深情滋味古井波興春池水縐重復情絲繫多

愁多病惱人春色無寐　何事又澀還羞半推半就

此景誰知耳但使花枝能解語莫負檀郎如此午夜

聞歌五更聽鼓贏得人憔悴幾時西子五湖同載煙

水

江城子

壽曾霜凌

香風十里透新涼水雲鄉試端相吳水吳煙詩客細思量好擘蠻箋招並醉花共祝壽而康（霜凌姬人名愛蓮花）鷺江鷺別幾星霜水茫茫枉廻腸趁得好花美酒更傾觴三十六陂紅佩艷留不住好風光

望海潮

澳門懷古

蒼松籠翠紅蓮衣落清風淡月疏星濠鏡浪翻蕭牆禍起新愁舊恨難平獨自感飄零正雁飛鶴唳秋思凄清月下裴徊願傾東海醉還醒　橫琴一奏潮生有龍翔鳳翥虎跳猿鳴仙樂洞庭霓裳桂殿離人更

不勝情從此莫談兵任何人擊楫國事休評惟念孤臣望洋暗自嘆伶仃澳門别名濠鏡有松山蓮莖附近有横琴島虎跳與馬騮洲伶仃洋

念奴嬌

壬辰中秋市蟹沽酒煨芋招重華草堂賞月

草堂風静正中秋華燈烱烱無色仰視廣寒誰起舞摇曳井梧落葉縹緲孤光嬋娟共影秋水俱澄澈持螯煨芋煮酒聊與君説　何事公子無腸横行一世肝膽真如斗昂首吳剛揮玉斧桂樹蟾宫遼濶綽約仙姿輕盈似雪笑我還為客問天把酒月明今夕何夕

沁園春

壽母林孺人八十

雨後天青正炎熱時南風宜人念身世蓬梗浮沉宦海繁華一夢如塵大好園林萱堂悦誕上壽稱觴千歲春光陰急幸眼明身健鬢未霜新　慈親和靄祥雲久經亂空餘遊子身嘆板輿奉養藜羹麤飯承歡菽水憐我猶貧西子湖邊幾時許我一舸秋風閒采蓴今何恨有耕樵共醉老圃爲鄰時客淇門耕牧有耕牧圃友同娛樂

女淑賢校字

圭海集

辛丑夏日偶檢行篋得見舊詩一束不
佞少年在鄉游釣在廈社友唱酬詩什
雖無驚人之句然空中猶有傷時憂國之什
不無令人可歌可泣者爰錄若干首爲三卷
署曰圭海集適詩友蔡子兄自菲律濱示
我填寫啟印己亥雜詩吾友競存君
醵資依樣寫印以付海內外知音同爲
感慨悲歌云爾蒲節海澄江西道謹于
旅南之堪杜老風月平分樓畫

圭海集卷一

海澄江　煦

新月

指甲輕彈拾月初，一彎眉樣畫何如。雲端弓勢驚飛雁，水裡鈎形恐躍魚。

歲時雜詩

元夕

鶴鋑龍燈徹夜明，文明景象頌同聲。記曾寶輦鼇山幸，爲與民間樂太平。

中和節

務本由來應重農，勾芒此日禳年凶。可憐一片荒蕪地，枉費進書唐德宗。

社日

田翁結伴話桑麻，宅畔棠梨欲放花。鬥草兒歸呼買酒，柘陰醉倒夕陽斜。

花朝

奈何天裡百花辰，碧草芳郊有麗人。莫問踏青緣底事，半來撲蝶半嬉春。

漫云误人間

寒食

梨花如雪鄉飛棉野鳥悲鳴槃曉煙千古傷心綿上火家家冷食雨餘天

七夕

井梧搖落雁來秋縹緲星河入望浮記取今宵牛女會幾家歡笑幾家愁

乞巧

瓜果中庭錯雜陳兒家乞得似鍼神天孫倘許人間巧從此人間無拙人

中秋

年到中秋日夜分蟾宮桂子妙香聞人間月色今宵滿照得人間萬緒紛

繫囊

知幾共拜費長房漫道登高能避殃遍地干戈同一劫可憐臂上繫萸囊

送酒

錦砂金鐸鬥芳菲寥落寒汀蟹正肥翹首白衣人一至陶然盡醉欲忘歸

除夕

兒女爭呼壓歲錢比肩膝下把衣牽腰纏都付償書債且寫宜春帖換錢

將出宜春帖換錢沽來酒脯值三千攤詩祇合焚香祭勞我精神又一年

題乾園和洪明府乾若韵

桃種河陽宦況清居然潘令未忘情一丘一壑窮幽勝花木陰陰鳥語明

主人愛客獨憑欄心在冰壺薄一官月夕花前聊盡醉雪泥留取畫圖看

一琴一鶴一牀書儒雅如君得遂初花落琴堂春夢醒高歌青眼浣花居

鼓棹延津唱晚風笛聲隱約入雲中潭疑秋水伊人遠白鷺洲邊有釣翁

題種蘭圖為瘦愚作

孤芳祇合種山家春去秋來一莖花寫入丹青聊自賞真珠小字勝塗鴉

素心人共卧樓臺午夢瀟湘去復回一種騷情難寫照並頭

驀地為君開

題許一騰寫白菊呈鞠逸先生

我存我素耽清淨不羨榮華老守籬千載知音彭澤令是人
是菊兩相宜

題潘樸亭遺著

英雄血戰石頭城軍法何須問李程猛將如雲成底用奇功
畢竟讓書生
運籌帷幄一綸巾謹慎居然漢孔明抱膝長吟餘事耳風流
江左擅才名

春雨

春雨斷如絲輕輕壓柳枝盈盈樓上望惆悵誤歸期
的的東風裡春泥沒馬蹄哥哥行不得怕聽鷓鴣啼
淅瀝碎蕉心眾花點濺淚王孫歸未歸如何獨憔悴
春水田疇足麥秀稻苗稀野老荷鋤出郊原草色肥

幻想四詠

天地一幻境也人生一幻夢也幻於古幻於今幻於有形
而無形幻於無想而有想尤幻於非有想亦非無想其故
何哉蓋幻者真之兆真者幻之徵此余幻想四詠之所由

作也幻想維何一曰晴菴山莊二曰醉芳別業三曰儷秋園四曰璞石山嘻嘻吾聞思想為事实之母吾安知今日所謂幻非他日之真又安知他日之真不有如今日之幻耶聊戲而詠之

晴菴山莊早梅

圭海之濱有菟裘一丘一壑羅清幽適仙大笑招我遊十月梅開香暗浮

醉芳別業叢蘭

懷余情兮信芳居幽谷兮生香羞伍凡卉兮稱王抱靈根兮感秋霜

儷秋園賞菊

秋色蒼然来凡卉盡衰歇黃花三徑開落落挺高節荒園閑叢莽勁質傲霜雪策杖倚西風芳馨久彌烈

璞石山玩月

美玉藏山不韞匵韜光匿采神鍾毓一輪皓月萬峰明忽見風雲馳大陸

續四詠

圭嶼塔驗日

孤峰矗立費憑臨，一水迢遥路可尋。塔影冲霄天欲暮，黄金何處買光陰。

太姥山占雨

圭海羣山第一峰，相傳石塔有仙蹤。農夫欲問晴和雨，只看層雲封未封。雲封則雨

晦齋竹勁

退翁養晦寸心寛，移得瀟湘四五竿。不管人間風雨甚，此君日日報平安。

榕軒風輕

習靜偶然營小築，相親燕子喜窺楹。閒持貝葉跏趺坐，撲面榕風習習輕。

三十自勗

勞勞人海，擾擾塵寰，曾幾何時，年三十矣。韶光易過，逝水難留，一事無成，依然故我。昔白香山有句云：「莫道三十是少年，百歲三分去一分。」讀此益增惆悵，因作自勗詩，聊以寄意云。

彥陞神悟夙能詩，歷歷前塵繫我思。枉說佳兒好頭角，先大父語人云却教故我愧須眉。懸孤恰過花朝日，舉酒偏逢月夕時。不有

功名驚海内也應詞賦重邊陲

遣懷

環堵蕭然食一簞琴書滿架未貧寒好山好水都如畫待月留題約共看

竹醉日

次男紹華殤於是日觸物興懷良有以也

窗前翠欲滴日日報平安疾風從東起朝來弱一竿今日當醉爾惟我心獨酸嚶嚶聞求友鶺鴒杳雲端哀音天際發聞者爲寡歡况毋以慈重日夕淚未乾榮枯自有命何事不達觀來年復滋長與爾長盤桓死別當生離何必摧心肝餘幹將成蔭攜琴石上彈隔離呼尊酒愁盡心自寬

冬日山行

杲杲迎頭上飄飄吹袂輕不聞人語響幽鳥時一聲霜後寒林靜草衰石崢嶸抱膝容小憩蒼松嘘氣清餘音繞山谷行吟樂吾生

曠懷

得意有何樂平生喜浪遊夢縈千里月詩湛五湖秋濁酒澆塵壘蒼崖夾亂流勞勞成底事天地一虛舟

呈曉山先生

甲子之役先生一擊不中避地入漳宗人玉泉以禮待之泉沒先生為立後而恤其家今更為其子授室噫何先生義之重是誠朱邱以來所未有也詩以紀之

少年十五二十時奮臂奪得胡虜騎誓掃妖氛清海甸忽見金甌缺邊隅自從一擊避地來誰為伯仲吹塤篪解衣推食恩逾重立後分宅情難辭况復始終同羊舌祗今施衿為結縭古來朱邱亦如此應鑄金版而傳之

鄰江道中作

道直接青天層雲幻大千歸鴉沈夕照古木暝寒煙水凍龍潛蟄參橫月印川多情江上柳憔悴又經年

惜別

戚戚長離別臨歧雨淚潸一鞭辭故里三疊唱陽關絕壑愁難渡危崖不可攀零丁投萬里何日復歸還

春晴

嫣紅欲醉杏花開點點階前長綠苔叱犢人歸新雨後新蠶天氣夕陽隈煙銷茶鼎香初熟風引餳簫夢乍回燕子欣欣生意好隔江嵐翠欲浮來

三十二自題小照

漫云淪落溷人間，遊水光陰去不還。此去應知繁老鬢，再來那得駐童顏。無才只合藏螭拙，得趣何妨露豹斑。莫負須眉誇七尺，千秋事業在名山。

呈曉山先生檳榔嶼

蟬聲八月更淒清，望斷南天舊情。萬里珠璣遠寵錫，相思忍看白雲横。

古田汪丹九寄示見憶一首奉酬二首

豪情逸興李翩翩，風月平章不用錢。有子能為天下士，驚人得句著鴻篇。

湖山到處任雲遊，謝草江花遞唱酬。千尺桃潭一輪月，助人吟興動高秋。

寄靜盦古田

亂世文章不值錢，可憐才調自翩翩。秦灰燼後天無衆，檢點殘經牘幾篇。

飛越關山學卧遊，川原風景夢中收。故人問我今何似，晚節黄花獨傲秋。

由白雲巖折入鄰江

雷奔電掣挾煙馳直上丹崖采玉芝回首山雲都似雪隨風
飛舞度江湄

登芝山

華山齊擁出雲頭怪怪奇奇眼底收獨立蒼茫人不識空教
仰止思悠悠

康泰塔觀濤

狂風捲浪吐還吞疑是蛟龍海底翻寄語過江名利客風波
險處足驚魂

登浪蕩山放歌

我昔遊洪濟奇峯突屼鑽雲端我今登浪蕩茲山輪囷亦鬱
盤羊腸曲折數百級無人不道蜀道難上有幽巢結松柏仙
客未歸應眉攢下有黃土白石枕枯骨（次兒埋山麓）為問魂兮何之
心悲酸嵌空一拳米顛拜應是媧皇留與人間稱奇觀大觀
挺秀如玉筍太武堂皇如戴冠圭海鷺江相映帶狂飆怒號
飛波瀾萬呼帝子今何在海霞紅處天風寒丹霞青浦遙相
望中有浮圖當急湍而今四海滔滔是中流誰作砥柱看何
如小隱在園避城市芒鞋竹杖行姍姍吾願從此不談家國
事朝朝暮暮浪蕩長盤桓

光误山

话误语

月夕懷避叟先生

耿耿天中月，清輝入我帷。展轉不能寐，起視夜何其。蟾山三五滿，山空聞子規。更闌白露下，竟夕起相思。伊人隔秋水，各在天一涯。欲見苦無緣，小艸附瓊枝。畫圖寄將去，聊以慰所知。此心原同照，天地豈限之。會乘長風去，直到華亭陂。

和作　朱避叟

孟夏草木長，繞屋如翠帷。緬懷陶靖節，讀書詩誦其文。通今時彥繫，我傳雲思。相去幾千里，遠樹聞嬰啼。新詩得古意，欲忘天一涯。近傳禊事修，臨風搴蘭枝。萩莊客西海，小亭聚朋知。翳我拾芳苕，道遠莫致之。和君五言吟，尺素馳心期。

送佛心赴金陵内學院兼呈劉先生薇嵐

今日良宴會，歡譃快平生。樂飲過三爵，為有別離情。人生若聚散，漂如水上萍。鷺水春波綠，江南人獨征。六朝金粉地，東去大江聲。説法惜獅子，一吼天下驚。歸來重語舊，壯哉君此行。

送盧二仲勳赴京口

同泛鷺江棲，忽忽逾六秋。形影不相離，君今獨不留。將無故

山好（居生長是邦）嚶嚶任好求何時共躡屐金焦攜手遊去去江南
遠斜陽柳色愁

奉寄陳子宏先生乞序鷺江名勝詩鈔

木落枝頭淡夕暉可無雁影向南飛鸞聞鼙鼓傷心劇靜對
琴書壯志違一卷藏家珍敝帚三都乞序景前徽笑予學步
尋常爭著作名山豈敢希

次韻賦呈遯叟先生

仙源日月永（鷺島一名小桃源）抗志臥松雲已過都成夢未來何所云
無為原泄泄自擾乃紛紛吾道拖陳蔡憂心夙夜勤

侍傲樵先生夜飲寓樓

載酒嘗停問字車玄亭小飲許侯芭縱談往古興亡局雄觀
名山著作家守道應知天不變起衰別有國之華夜深扶醉
將歸去還倚西窗話月斜

戊辰三月三日小蘭亭修禊寄懷萩莊主人分韻得年字

小蘭亭外鷺江邊曲水流觴對綺筵禊帖雖能摹內史畫圖
今得見逋仙美人萬里榛苓感詞客一家香火緣何日歸來
觴詠好永和韻事記年年

又

君下彥得

惠風漾麗日粲粲春服妍咏觴臨曲水列坐與陶㽘叢柏張翠蓋修篁碧籠煙黃鸝深樹囀不異管與絃翩翩諸公子少長皆稱賢褉帖摹内史分韵擘蠻箋擊鉢催新詠逸興勝當年主人隔萬里佳日應心懸魂夢一爲縈故園草芊綿衆芳正爛熳鶗鴂鳴恐先俯仰對宇宙時過境易遷臨文思遠道舉杯傾酒泉

花殘曲

某某女史潯陽人工詞曲擅管絃年近花信風韻猶存一日與余邂有自傷遲暮之歎復以開放玉蘭花一朶贈余若不勝情者嗟乎青衫紅粉同感飄零江州司馬愧余不逮今也花已殘矣余感其意因賦之云

北里多繁英院落何芳菲絳雪與緋霞競艷爭清輝幾回迷蝶夢綺令吟魂飛太息春復秋紅退朱顏衰愁風復愁雨面目已全非願君及時折與君共歸芳叢苟有託不隨流水悲解語入琹牀香風拂羅幃不知金谷恨何用哀馬嵬

送郭文瀾葉謹守赴春申江

日月不可居忽忽垂十年斗酒相娛樂山水共流連杖策登雲頂濯足鷺江邊何當長此樂時過境不遷安知蓮與梗仍

復感飄零春申在江東道里逾三千送君春波綠孤舟溥暮
天去去日以遠別恨膺難填

贈喬二壽記

燕趙多豪士疏放誰如君行空一天馬長嘯高入雲周流天
地外牢落寄鷺門詞源固有自聲華宿昔聞才大多坎壈咨
嗟感斯文哀我同岑友知音何足論痛飲且高歌勿使空金
尊

賀金荃偕顧女士結縭帳詞

江南多佳麗人傑應地靈崑山倚秘閣秦晉好聯盟灼灼夭
桃華開闢雎鳩鳴同居長千里竹馬繞床行溫嶠下玉鏡牽
羊禮以成何必要白璧藍橋遇雲英王謝高門第朱陳莫與
京女蘿依有託憑如魚水情休賒天帝錢長為牛女星月明
簫齋弄花好句同賡莫泛紅蓮渚蘂打鴛鴦驚還向入庭除
桐陰下楸枰夜半靜無人唯聞私語聲在天同比翼在地連
枝生人生同一夢不樂終當醒

戊辰九月九日洪濟山登高讀薇莊先生來詩次韻

春懷

登高望不到西溟空谷幽蘭自在馨多難萬方雲擾擾醉吟

諸老鬢星星華胥有國秋同夢玄圃傳箋鳥亦靈今日天涯
人萬里明年重叙小蘭亭

又

凉風振落葉朔雁遠歸飛零露沾階砌凄凄百草腓丹楓忽
已变黄花晚節持吉士感嘉節繫囊集所知振衣凌千仞四
望高不危崗巒皆俯伏绝頂羣瞻依太姥峙南甌鷺江金帶
圍傷心前朝事半壁餘劫灰扶光次濛汜迅商薄巖扉眷言
遠游客乘槎與我違遥遥青鳥使傳書報將歸上巳重修禊
良辰以為期

奇鎮悪

古今多少奇男子英物他年稱國士聲宏墜地泣呱呱胡廣
田文終不死伊誰卓識知興宗無須為虎而優龍但得宏才
鎮大惡鄭清襄海乘長風

奉和遯叟先生重游泮水之作

凉風起天末浮雲終日飛秋雁向南來尺素千里違開緘讀
新詩咳唾如珠璣泮水咏重遊無復覩鸞旂堂皇舊饗舍丹
碧泚清暉周京不復作廟貌獨巍巍鄒魯緬遺範人心未全
非濟濟采芹士健者晨星稀將毋飲旨酒高風世所希

題繡鐵盦詩文續集

鑑湖文章世所好，文有奇氣詩雅奧。上追秦漢沿六朝，擷精摛藻有獨到。擲地鏗鏘金石聲，鷺門壇坫多傾倒。笑他類宋靡靡音，半山小浴徒僭號。吁嗟乎！黃鐘毀棄爭瓦鳴，歸昌寂寞羣蟬噪。顧藏名山傳其人，會看采風作典誥。

圭海集卷二

海澄江 眗

有贈

頭角崢嶸說鳳毛，清才合讓使君高。光芒漫許新硎劍，緻捷當推快剪刀。巧織心機雲作錦，工摹鳥跡火消膏。潘江陸海庸何論，橫掃鍾王只自豪。

緻推先 古曰顛 [illegible]

哀江漢水災

夏后氏不作，洚水重為災。汎濫乎江漢，奔騰兮喧豗。汹汹隄防潰，岌岌巖城開。老幼隨波逝，存亡費疑猜。田園生鱗介，堂構長蒿萊。生者巢高樹，引頸待嗟來。安得鄭介夫，一圖費心哉。造物胡不仁，曾無生民哀。毒龍既肆虐，當道狼與豺。我聞復如是，思之彌傷懷。吁嗟乎！洪水之禍如猛獸，苛政之害何如亂。

贈滄然居士于役大連灣

人生苦行役，聚散固無常。同參未來諦，去住兩茫茫。無為在岐路，兒女黯然傷。攬轡夙晨駕，勉君盡離觴。宇宙何遼廓，廣輪任徜徉。終返故園居，三徑應未荒。

題晴雪峰為蔡二作

高峰插雪入雲端莫道攀躋蜀道難海島遙連天影盡晴嵐
俯映日光寒江山消受三杯酒風月平章百尺壇此地憑君
長嘯傲幾時許我共盤桓

讀許新甫事略書後

浮海乘槎為報親臨危不殆見慈仁祇今蠻瘴留弦誦桃李
成陰故國春

讀憶栞詞書後

錦瑟無端乍斷弦那堪卻扇記華年莊生曠達盆猶鼓奉倩
傷神劇可憐
死別生離兩渺茫青鸞鏡豔九迴腸黃泉碧落難尋覓贏得
潘郎賦悼亡

看花詩

幾番風雨急花事已闌珊舊地紫廊掩傷心不忍看
憶昔春風起爭妍鬥艷時顛狂蜂似醉更笑蝶兒癡
濯濯章臺柳瑩瑩白玉花盡日看不足卻愛夕陽斜
善睞翦秋水含愁度遠山輕盈搖浪柳意在有無間
顧曲敲檀板坐花對綺筵忽聞雞戒旦惆悵把衣牽
未識仙源路敢將洞口誇漁人先問訊夾岸是桃花

近暱那知妙選看賓可人芙蕖方出水掩映倍精神
閑道檀郎到姍姍来故遲人前偏無語脈脈兩心知
芍藥徒勞妬嬌嗔意轉癡那知郎薄倖含恨悔當時
最是清魂處窗前聽囀鶯偏宜人靜後私語話長生
芳長枕上短愛聽春雞遲妾意難詳盡欲歸不忍離
烟花看逐隊燕瘦與環肥只道長安好王孫歸未歸
歡笑竟成昨春婆夢一場揚州今已覺花好總難長

閨愁

皎皎天中月無端入户牖憂愁妾未眠不識君知否

水仙花

綽約憐凌波依稀鼓瑟歌盈盈一水間欲度無由何

園遊

園林多逸趣花好向人嬌鳥語枝頭婉清風陣陣飄
嫋嫋數竿竹因風不自持天寒憐翠袖徒倚憶當時
寂寂花陰坐幽蘭縷縷香佳人稱絕代端合壓羣芳
獨立斜陽外紅蓮落渚愁美人怨遲暮雲散亦風流

寫懷

玄穹蒼蒼禹甸茫茫悠悠今古歷劫滄桑嗟爾庶士意氣軒

昂文比蛟鳳，武擬電霜，捍衛征伐，輔翼平章，危機一伏，旋踵覆亡，飯疏飲水，樂哉素王，辟穀求仙，知哉子房，兎死狗烹，愚哉齊王，毋寧毋爭，嘯傲徜徉，守真抱樸，同塵和光，真人博大，誰為老莊

怨詩

蔦蘿施松上，自矜凌雲樂，不知攀緣難，寧不復零落。
錦瑟絃乍解，使我心如煎，心煎胡為者，別後聞杜鵑。
願言執巾櫛，白頭恩義深，歡娛未卒歲，如何懷異心。
明月生光輝，眾星恐不耀，明月有盈虛，眾星長拱照。
女嬰懷嫉妬，中冓其詈余，余心常不懌，不如早離居。
作鷦巢高樹，常恐枝葉危，本是翔蓬蒿，安能鴻鵠隨。
人情多變幻，歡娛在今夕，明朝生微嫌，棄之如遺跡。
窗雞再三唱，伊人出函谷，應知風霜苦，飄零感惸獨。
昨為同衾侶，今為陌路人，恩愛從此虧，能不懷苦辛。
悲與吾子別，氣結不能言，牛女有時會，思君再見難。
那知新人好，不念故人恩，問君心何爾，陳陳恐相因。
人靜結愁憂，起視夜何其，人別皆復會，君獨無返期。
獨坐空室中，躊躇想其形，生離同死別，起坐為不寧。

忽見鄰家女觸我別離情中夜增惆悵夢裡驚喚卿
有鳥鳴高林嚶嚶求其友願得有心人會合同白首

鵲巢

种氏與季氏友善种氏契一艷季氏誕之誘而獲知者譏之予聞為之詞曰

鵲豈無巢鳩實居之朋從爾思色下漁矣一解
維鵲有巢鳩實方之外比於邪美孟姜矣二解
种氏非不良季氏位尊而蠱
鳩樂其巢實寵賂之財盡義絕紈離去矣三解
施者舊有一契往來甚密季氏乃以利合非心許故去

楊花

楊之花不沉而浮和光混俗蕩漾其流
楊之花不貴其實流連忘反嗟彼弱質
楊之花同乎流汙彼香草兮厥品異途
楊之花施于逢蒿假喬松兮實維後彫

摽梅

有梅其摽葉成陰兮求我庶士情我心兮
有梅其摽庶士塈之母也不諒我心悴兮
有梅其摽迨其吉兮振振庶士宜家室兮

人誤之

弔屈原

汨羅嗚咽不成聲似為幽之訴不平衆口鑠金應有恨獨醒投水弗勝情九章騰賦哀孤主三姓宗支愧六卿翻笑懷襄愚已甚千秋屈子擅清名

書所見

數間板屋壓墻低攘攘熙熙眼為迷門户傍人噬狗竇雌雄接翼請雞栖饕風徹夜尸橫榻暴雨崇朝尾曳泥日暮故鄉何處是可堪杜宇耳邊嗁

賀謝劍影新昏帳詞

東山才調擅風流眷屬神仙不易修最好月明人靜夜鳳簫吹澈海天秋

書事

天道昭昭本好還從來禍福總相關相秦早有亡秦兆復楚寧非滅楚患將士如雲稱勁旅樓船橫海致連環出師未捷身先死（用杜工部句）遺恨虛無縹緲間

雜思殤

愚者靈時見龜鶴壽盈千人命亦如斯修短各天淵林類談往言蒙莊說解懸有生必有死何為不樂天哀亂宋劉劭難

得仲謀賢與其長而逆毋寧夭其年賢愚猶未判周睟遽長眠吁嗟乎三樂殤子總可憐

踏青詞

黃鸝試新聲郊原草色青灼灼夭桃華沈醉猶未醒娥娥東家子攐手陌上行腰支楊柳弱春衫白袷輕農夫荷鋤至西疇事春耕稚子曳黃犢山妻躬提瓶貧富不相若勞逸各殊形嗟余同撫序無競心自平物外餐煙霞泉石何趣清汎覽消遙遊聊以養吾生

寄懷金鞠逸先生

江城多雨又多煙兩國相思一惘然偶促真成轅下驥道遙妙有壺中天縈迴鴻雁敢偷懶缺掌簿書應見憐國事蜩螗今莫論花開花落看年年

感時

無端重見紅羊劫滿目烽烟日色昏畢竟蟲生由物腐從來毛附為皮存諸公早有安邊策壽海寧無傷寇筆紙憑閱牆成後悔可憐憂國楚王孫

即景

黃梅時節雨連朝不覺炎威一霎消舊褐傾箱翻敗絮新衣

歷遍疊輕綃寒生初夏微年歎幾至三冬見國妖人事天時
皆反古不如歸去狎漁樵
癸酉三月三日眉壽堂聽琴和萩莊主人均
聞道猗蘭操感時宮商舊譜世無師祇應流水酬佳節莫漫
金人捧觚期
知音何幸有遺仙春雨琴牀待夜連我亦欲歸歸未得客奏歸去來辭
無絃慨慕義熙年
萩莊主人月夕聽琴見招因病未赴酬以七韵
春花有繁蕊夜月生光輝幽人懷綠綺一鼓眾星稀游魚出
重淵高樹鳥夜啼清商不可聽變徵猶堪悲夫復而不亂鶵
公誰能師鄭聲俗所尚古調今已衰我因二豎纏將無知音
違
癸酉三月三日小蘭亭修禊和萩莊主人即席之作
宇宙抑何曠曜靈欻過隙齊物貴所尚達人適其適時來愛
春華佳節肯虛擲嘯侶事登臨仰視浮雲白清風生羣籟幽
篁類長笛濺濺滌萬慮曲水石湍激開花對綺筵碧玉人未
識者莫盡知名何曾滅夙昔主人顏我云勝會十年隔觴詠
忘形骸此樂寧易得

壽謝韻笛五

烏衣門第識君賢巖影無憂半百年翁子功名何足羨佇看
三樂地行仙

次韻和翁叔和留別之作

一例飄零不計年萍蹤聚散鷺江邊五千道德懷周史六十
功名讓漢賢皎潔冰心君獨賞嶙峋傲骨我猶憐窮通畢竟
天難問風雨孤吟瘦聳肩
年年空負好韶華何日東陵學種瓜不道太玄人未識卻教
重譯眾爭誇連枝數典追六桂判事分曹屬五花從此秣陵
君遠引神仙眷屬飯胡麻

癸酉桂秋冀禹庭先生五十初度詩以壽之

渤海廣公日日親吟身自在鷺江濱搴芳南國青箱記習禮
西山免帽人香滿蟾宮開壽域樂陳馬帳醉嘉賓為君高唱
長生曲六桂同宗接比鄰

感事

大道淪亡感不禁陰陽二寇互侵尋網羅難破南山險沉溺
誰知北海深覆雨翻雲誇妙手引狼拒虎[illegible]厶心夢夢天帝
何堪聞俯仰吾廬獨苦吟

菽莊主人一再見過不值詩以謝之

朝出營營暮未回逢門深鎖待誰開賦詩畢竟輸昌谷孤負
高軒兩度來

菽莊賞菊酬主人

秋高天氣爽日出露未乾携手東籬下秋花老圃繁一見動
中懷悠然念家山一別十三載羈旅靡由還三徑應就荒田
舍不忍看胡為樊籠困豈免衣食患誰知師門近沈夫子齋此執經
此不難況無適俗韻聊以自求安幸獲接鄰曲素心人更歡
樂與數晨夕斗酒散襟顏用陶句取足歸有道未敢華簪干

癸酉暮秋同楊博生菽莊主人四十四橋晚眺口占

流霞欲醉暮天低江上煙波歸棹迷極目家山何處是憑君
指點夕陽西

和曾滄舲解嘲之作

平生詞賦樂天真小字簪花妙入神綠竹東山無俗侶觥籌
北海盡通人清時吐氣看雙劍濁世韜光避六塵邊腹便便
經笥富康寧多福一吟身原作序有空負大腹之譏詩有發福如何福未臻之句

甲戌孟春壽畫家朱紫翔六十

瀛洲草綠雨霏霏銜取新泥燕子歸北海尊開春酒煖南天

墨遁老人揮毫盡子孫傳家法潑墨長康見古歡花甲平頭
圖畫壽堂詩纍纍舞斑衣

和滄聆五十感懷

書劍無成汗漫遊微歌顧曲擅風流何須聲價龍門重自有
文光射斗牛

糟邱小隱酒如泉一醉陶然即謫仙三萬六千塲已半老來
何事問青天

和莪莊主人新詩二首次韻

孟春園東種樹

荊天棘地闢行藏種樹多君得幾行沙苑渾如金布地茆亭
底用紙為梁

百花生日蔚然亭雅集

杏花天氣乍晴陰主客圖成擊節吟難得今人彈古調琵琶
一曲和瑤琴

四十自嘲

池水凝湛碧杏蘂爍爛紅潛魚躍重淵時鳥鳴芳叢欣欣好
生意其樂何融融年華如逝水惜陰人皆同謝掾致卿相神
夢曾亭適會當出東山何時揚高風朔方多寇警奮威掃狼

烽巖巖燕然石卑車騎功胡不免勞形守純氣在中外生無古今適逸從喬松齊物為吾願神全遊太空孰與古富貴草頭露華濃孰與言壽考八公能還童

甲戌初夏同楊希則冒雨遊薮莊藏滄園

山光水色兩模糊綠意紅情半有無人在雨中同攬勝天然一幅輞川圖

壽薮莊主人六十

四時有代謝日月有盈虛人生一世間安得金石如服食誤丹砂神仙不可求彭籛壽七百大椿八千秋忽忽一彈指花今花甲周懸猗地行仙不為累經牽東遊古暘谷西極古大秦宇宙奇山水一一眼底經咳唾成珠玉青島勞頻頻久樹騷壇幟令譽嘯詞林春秋多佳日歡侶快清唫琴書有奇趣園林有優游頤養得天厚久視享遐齡狐長天中後欄花照眼明君獨遊匡廬將毋避俗塵樂山人多壽還與五老鄰鹿洞聽傳經栗里尋隱淪

薮莊主人寄示長江舟中即景之作疊韻和之

蝸爭蠻觸較高低袞袞諸公利藪迷何似空山樵唱好觀棋人在大江西

烏溪島
任溪有
孤溪孤

清秋一色水天低，極目關山路易迷。却喜新詩寄歸雁，計程應到滬江西。

菽莊主人新得滬上菊花招同社侶吟賞口占一絶

聞道江南霜信早，連來就菊上騷壇。秋花不比春花艷，莫作嫣紅姹紫看。

謦予示以所藏周芸皋觀察致呂西邨孝廉手札一帙皆累妙也其中有論書及答問者語尤精粹爰賦一絶誌之

馬尾蠶頭變古法，逸情流露烏絲欄。名家尺牘無常語，可作畫禪隨筆看。

菽莊消寒第一集

甘蔗

名傳司馬子虚賦，一杖陳思感不支。佳境欲知先食尾，雅言記取虎頭癡。

第二集　探梅

獨策蹇驢過小橋，孤山相去路非遥。寒林不見仙禽影，惟有南枝慰寂寥。

神仙眷屬最心傾，一笑相逢倍有情。聞道江南消息好，何如香海月華明。

照下否跡

第四集　觀棋

手談何必苦凝思浪說枯枰變化奇試問爛柯緣底事神仙
畢竟比人癡

眼看長江似奕棋局心險惡幾人知衹今十訣稱能手可有
文楸入貢時

和謝雲聲甲戌除夕感懷之作

臘鼓鼕鼕催夜闌祭詩埋硯兩盤桓生成傲骨何嫌瘦修到
梅花自耐寒却笑驅魔燃爆竹好邀獻歲薦辛盤光陰一去
如流水回首華年不忍看

歲莊消寒第五集

賞春

雨雨風風到客樓梅花數點暗香浮玉壺買得春和靜桃李
園中秉燭遊

第六集　醉月

明月照簾錦江春酒香舉酒邀明月一醉同嬋娟謫仙今不
作桃李園何辭一杯又一杯羽觴揮無數春花落綺筵素娥
對瀲灩天下人皆醉何不樂陶然

第七集　拜石

緣結三生幻亦真生公說法點頭頻不圖米老呼兄後兩字
名亭又有人義莊有拜石亭

乙亥夏日義莊主人寄示廬山即景之作次均和之

小隱匡廬獨買山著書人似在玉關關主人方注道德經心忘世味鹹酸
外手擘雲根縹緲間林靜日長蟬自噪閒話稍多蟬吟聲不絕天高風急
馬知還歸期莫負黃花約把酒東籬看醉顔

哭阿鳳

乙亥八月初七日幼女阿鳳墜樓氣絕復甦越十一月十
一日以病殤生世僅四百四十二日耳嗚呼死而復生生
而復死生生死死傷如之何古人云太上忘情其次不及
情情之所鍾正在吾輩因賦詩識之

鳳兮鳳兮何翩翩巧笑倩兮宜嫣然秋葉墜樓渾無恙二豎
為災魂不還
鳳兮鳳兮何嬌癡啞啞學語有所思往事歷歷渾如夢幻景
曇花一霎時
鳳兮鳳兮歸何鄉天蒼蒼兮海茫茫似聞叫碎崑山玉風雨
聲中欲斷腸散樵又作幺鳳歎詩序云乙亥十一月十一夕余夢與亡姬綠蘭對坐於舊寓牀頭殆忘其為死者綠蘭愀然曰阿鳳病危奈何君盍作歌以寫我憂余即起就席覓紙吮筆濡墨不加思索大書四句為一解為綠蘭誦之綠蘭曰四句太少宜多作幾句方欲提筆忽鄰家犬吠驚寤輾轉不寐

續成三解不自覺其言之悲也明日仲春來告阿鳳殤嗚呼哀哉　鳳兮鳳兮何時之衰梧桐萋萋爾胡不棲一解　鳳兮鳳兮何時之衰梧桐有實爾胡不食二解　鳳兮鳳兮何時之衰爾胡不鳴以娛我聽三解　鳳兮鳳兮何時之衰爾胡不來以慰我思四解

哭金鞠逸先生

大道久淪亡羣經束高閣師獨守殘篇絃誦樂其樂俗儒皆憒憒天將為木鐸教澤徧江淮薪傳衍濂洛注易且釋詩名山多著作勉學成痼疾河魚終肆虐一病經二載田生無靈藥嗚呼泰山頹景仰何所託

乙亥冬日侍徽樵先生萩莊賞菊主人置酒亦愛吾廬即席口占

仲冬天氣暖驕陽有餘威木落草已枯秋色猶未衰主人遠游返相見情依依為道江南好秋花多奇姿矯揉盡人巧真意乃全非暢談未及已送酒來白衣桑落味洵美無腸公子肥座上文章伯壺天醉哉田光對黃花飲十杯安足辭

乙亥十二月初七日萩莊消寒第一集即景

黃花無恙猶傲（藏海園尚有殘菊）籬下吟香興自酣難得歲寒三友會屠蘇酒美菜根甘

萩莊消寒第三集即事

爐邊談笑不知寒翠竹青松相對看欲向梅花索一笑美人

何事來姍姍

和雲聲乙亥除夕感懷元韵

記肇吟箋又一年流光容易感華顛孤芳獨賞寒梅下萬籟
無聲古澗邊覓句大難天接水催租都喜雨如煙呼童且共
圍爐樂壓歲空空疑兩拳

和抒園居士乙亥除夕書懷之作

絲絲微雨欲生苔斗柄指東春又回窮措未豐勞討劃貪看
光景儘徘徊筆花那有文通夢詞賦曾無庾信哀漫道祭詩
成結習酣歌卒歲亦悠哉

丙子元旦即事

臘鼓喧填夜不眠曉来吉語賀新年醉因留客寧辭酒貧不
求神得饋錢賢婦頌椒傳韵事老人隨鄉肇吟箋幾忘家在
桃源住（俗称鼓浪嶼为桃源）點綴昇平有管絃

和荻莊主人即席口占四絶

藏海園中楊柳青春光無恙小蘭亭稗官纪事增新例坐次
飛花當落蓂
良辰美景今猶昔雅集何曾讓古人觴詠頻煩原是福從来
名士不憂貧

盛會永和不鼓琹春燈謎好勝山陰主人許我壓元句笑煞
東施還捧心
臨摹禊帖筆通神詠絮才高格調新掌上明珠君惜取女兒
酒醉鷺江春
丙子暮春菽莊主人將赴廬山避暑舟發鷺江賦詩見寄次
韻奉酬
向榮花木一春同獨撫孤松唱晚風西望白雲深似海入山
應不問樵童
芒鞋重整雙行纏直上匡廬古洞天為問風光依舊否乘鸞
跨鳳盡神仙
絜如居士鄞示丙子夏日廬山小壺天閒居寄懷壺天醉客
四首謹次原韻和之
板輿迎養鷺江涯一水盈盈望故家自是欲歸歸未得年年
客裡看黃花（年年菽莊看黃花）
政說騷壇得緒餘（今夏學填詞一闋奉壽先生因寓書徵樵先生曰君衣缽可傳仲春矣）東塗西抹笑空
疎偷聲減字渾閒事為惜分陰讀我書
相期就菊賦歸來把酒持螯意快哉重擘蠻箋分險韻憑君
玉尺一量才

前身疑是李長庚詩酒生涯傲老彭誰受人間清靜福此心合與海鷗盟

丙子秋日蘐莊主人自滬鄞示重陽登孤山書感一律命和謹次原韻

我亦躭立疑登臨願屢違龍山高會少鷺鳥故人稀籬下花無恙江南客未歸邊城鼙鼓動國事已全非

丙子秋日奉賀遯叟先生重宴鹿鳴并祝八秩大壽

秋風起天末征雁傳好音紫陽有華胄天既一籌添鹿鳴重開宴嘉賓集兩廡既觥戲綵樂又聽鼓瑟琴世亂文愈治風嬉感不禁前朝崇科舉隱士招桂岑稽古騰茂實英聲蜚藝林蟾宮記罷織燕闕鑄黃金洗耳潁水曲探奇包山深青莪思君子桃李儼成陰勳績非所期所惜歲駸駸縱情在詩酒斜川動孤吟餐菊初騷意搴蘅獲仙心安時而處順陰陽無寇侵

丙子冬日幼莊開油畫展覽會參觀後口占一絶

傳神寫照兩真真畫苑而今有幾人家法西來稱絶技顧癡也應點頭頻

丙子十一月十八日壺天消寒第一集

詠蟹

蘆葦蕭蕭戰西風尖圓誰與分雌雄横行南北渾無忌天吳水母以類從朝游澤國浪花白夕調鼎鼐爐火紅甲兵滿腹成何用終見屠夫刀匕供名士持螯杯在手傷哉磨蝎占命宫寄語公子須蟄伏江湖處處有漁翁

第二集 詠鱸

秋風江上問漁翁名士買漁朝夕供咫尺東溪鄉味好四鰓應不讓吳淞

第三集 墨魚

山僧妙語水梭花放墨混身拒敵誇書券江東人作偽誰知烏賊是冤家

第四集 懷薇莊主人

寒風吹户牖獸炭爐火紅絳帳歌聲樂壺天酒思融尊前懷北海日暮望江東料應約梅醉吟香句自工

第五集 香海看梅

萼綠華來小謫仙年年歲歲伴羊權不知春色江南好一醉何如在冷泉

仙呂詞人修笛譜風流水部擅詩才圖摹九九消寒會記取

吟香第戩園

博
下彥生

圭海集卷三

海澄江　煦

博先生歸隱武林詩以送之

太玄家學漢通儒遊遍邊城又海隅太好天機能浩蕩最難人世得糊塗花間邀月春同醉竹外看山杖自扶渭水釣璜猶有待清搖一舸泛西湖

叠韵和荻莊主人歲暮客中感懷之作

淡泊能明志平生願未違天涯知己少韵事解人稀放鶴沖霄去尋梅踏雪歸江南風景好莫道浪游非

宜天消寒第七集

燈虎

佳謎依經世太平七龍五鳳放光明詞林韵事開生面射虎將軍四座驚

第八集　湯圓

上元燈火為誰忙人月雙圓大吉祥晚食家家應當肉故園風味待花香

餡裹紉後登玉盤曾經纖手美人搏升沉無定誰知道世事紛紛冷眼看

夏日悵詞

百輛迎來錦帳張穀搖團扇掩新妝詩題紅葉隨流水人憶
藍橋搗玉漿翡翠簾前嗔蛺蝶芙荷池上笑鴛鴦月圓花好
君須記鼓瑟吹簫樂未央

無題

憶昔深閨待字時吹簫求鳳總情癡小桃剛得花遲放何事
君先折柳枝
竹籬香透入簾櫳脉脉靈犀一點通記得春風春雨夜仙源
水漲落花紅
承歡侍宴薛香兒不數田田與柳枝修到殘生多艷福花前
月下好追隨

次和丹初先生重游菲島留別之作

樽酒論文廣結緣清高猶自擁寒氈從知名士家居少勝似
炎荒使命專賦別銷魂須綵筆圖南振翼負青天蠻花獷草
饒詩意燕去鴻來盼一箋

丁丑七夕後一日萩莊主人自廬山攝影見寄敬題一律

秋河昨夜雙星渡烏鵲髡頭曉更喧寫照龍潭仙影瘦探源
鹿洞道心存袈裟自在稱居士花木依稀似故園老去生涯

詩酒好廬山高處與誰論

傷荷

丁丑孟冬外孫鄭氏荷梗周晬後三月以疾殤傷哉荷也紀以小詩

朔風一何厲飄摇感不禁況值霜來候凋零傷我心

壺天消寒第三集 香海探梅

嶺南閩道南枝開海上何當春信來十二洞天幽絕處暗香疎影費疑猜

路分南北即孤山雙鶴銜書自往還何處玉人吹玉笛峭寒禁得冰雲閒

丁丑除夕感懷

二豎方驅去喧填臘鼓催高堂同守歲稚子索餘財商陸燃金鼎屠蘇酌玉杯東風解迎送明日好春來

和萩莊主人花朝挈眷游小香江即景

鬥草人多少嬉遊笑語譁異鄉春可樂久客酒能賒日暖鴉翻柳風香蝶蜜花河山新戰局閒話聽漁家

戊寅三月三日肖莊公子招同社侶修禊于小蘭亭即席和健庵孝廉韵寄懷萩莊主人香江

名園修禊客三歎勝會年年古所難觴詠飲無今昔感烽烟可作畫圖看登亭此日同周顗折筵何時笑謝安南望嶺雲遙寄語鳳毛濟美舊騷壇

戊寅夏五壽薇莊主人香江

蒲觴祝嘏記年年有鶴南飛笛譜傳我亦壺天同獻壽梅花三弄寄逋僊

秋夜夢中哭亡友曹滄華

客裏悲秋夜夢中懷舊知楓林魂斷處滄海月明時顧我千金重哀君兩淚垂忽聞雞戒旦口占五言詩

八月廿七日書感

巍巍殿宇峙千秋太息道哀麟出遊廟食今朝何寂寞用夷變夏總堪羞

九日書懷

黃花依舊戰秋風佳節重陽今又逢四境瘡痍看不得隔籬呼酒醉鄰翁

次韻和薇莊主人戊寅重陽日登太平山寄懷之作

鷺門幾度作重陽韵事年年莫漫忘南國悲秋同楚客西風落帽在蠻鄉新霜天氣蒹葭白故里人煙橘柚黃報道先生

應自慰名園三徑未全荒

秋日鷺門即景

草滿空階落葉飛村居不識主人歸多情最是蜘蛛網當户
牽絲掩夕暉

戊寅十月文日幼梨置酒藏莊招同賞菊即席口占

小春時節菊懷芳短竹疏籬任徜徉別有洞天甘谷外何須
富貴牡丹黄（黄牡丹一種獨不見）吾廬秋色佳無損處士家風淡不妨難

得花前開口笑腐公勸酒快傾觴

戊寅小寒前五日壺天清宴第一集

客感四首

分明冬至日猶短著破吳棉天又寒漫道大同歡獻歲金甌
缺處客心酸

觀潮人在鷺江邊暮去朝來年復年劫後殘編收不盡可憐
破費杖頭錢

哀鴻滿野劇心傷雪窖冰天更斷腸奇藥寧無不龜手百金
洴澼古良方

南望昆明北雁門風雲變幻莫輕論鎮神圖在誰知道一局
殘棋舊地翻

更误度

第二集　探梅

灞橋風雪日紛紛芳信迢迢未許聞懷古傷今惟庾嶺新將軍似故將軍昔人庾嶺種梅為將軍梅銷也羅浮同夢月空明疏影晴香誰倚聲聲春屬一家消息好歲寒三、友最關情

第三集　讀老子

樓居寒料峭獨坐翻殘篇景彼道家者五千皆玄言治國以正議用兵以奇論無事取天下利器不示人飄風不終朝驟雨不終日天地難長久陰陽不孤立何況血氣倫存亡一呼吸三寶慈與儉天下不敢先安得無為者使民知自然

第四集　題鄭俠流民圖

草木皆向榮災黎獨困苦扶老且攜幼流離悲失所嗷嗷如哀鴻溝壑委殘軀安得鄭監門一一將圖摹冒死叩重闔忠義寤人主斯民方得蘇令譽垂千古

第五集　立春

楊柳門前舞細腰蒼松白石自逍遙春來消息梅花好何事東風任意飄

月既圓時春又來胡笳臘鼓兩相催不堪更作春婆夢俯唱

遥吟且舉杯

第六集　閑慈衛道人移寓欣然有作

浣花詩客草堂居種竹栽花興有餘應笑劉伶惟務酒幕天席地一吾廬

第七集　己卯元旦客有談及菽莊桃花盛開游人坌集因為賦兩絶

梅花落盡桃花開一笑嫣然逐隊來眼看熙熙人自樂醉餘春酒上春臺

潮來潮去撼江門金帶迴環别有村十二洞天天接水秪今無恙小桃源

第八集　上元書感寄慈衛道人

捲地東風車擊轂夜游不須髙秉燭月下飛來簫鼓聲陽江猶唱後庭曲

長衢夾巷張華燈七龍五鳳光層層今夕何夕城不夜金吾弛禁如西京

第九集　殘梅

寒消九九又東風狼藉花枝點點紅一縷香魂為誰斷黯然竹屋紙窗中

清誤消

次韻和慈衛道人元旦書感之作

向陽梅柳渡江春，方便東風倚與人。觀海蒼茫千里目，樂天珍重百年身。辛盤有味家仍儉，郊酒能沽客不貧。大好老來清淨福，文章花樣盡翻新。

己卯中秋侍傲樵先生壺天玩月一首鄭呈薮莊主人春中江

木犀撲鼻香，落葉自蕭蕭。誰家有清怨，商聲度紫簫。緑杯邀明月，浩歌人逍遙。中流思擊楫，投鞭斷莽潮。壯志今猶昔，皤皤霜鬢凋。有客在江南，嬋娟共此宵。撫絃求知音，知音何寂寥。傷哉今夜月，浮雲翳重霄。應有家國感，欲問霍驃姚。

壽傲樵先生七十

衡嶽何巍巍，第一峰特起。降神非偶然，師承自湘綺。論道抗石船，傷時同屈子。玄草後必傳，知者君山耳。阜帽古龍頭，西山獨習禮。坐我如春風，記事有詩史。畏壘不疵癘，鄭國歷劫過。釣璜猶未得，其如蒼生何。世亂之愈治，敢操公羊戈。願獻南山壽，奉觴且高歌。

贈女醫張氏二絶

張氏者，大興裔仲敘德配也，精技擊，善醫跌傷，又不受酬

是以求醫者眾前者吾兒一跌傷足賴醫之而愈心甚感

今者吾母一跌傷腿痛甚復賴醫之而愈心感更何可言

爰綴七言兩絶以頌仁術云爾

肱經三折作良醫妙手回春別有師起廢一鍼傳扁鵲鮑姑灼艾更神奇

蓮花南海佛長留蘐草北堂忘百憂一瓣心香三頂禮慈恩愧我未能酬

壺天消寒第六集

拜天公

蒼蒼正色空非空萬象在旁真無窮圜則九重有天闕玉皇上帝居其中玉皇上帝誰氏子何年攝提孟陬降三閭呵壁何嘗問野人之語如齊東家家庭産茶果供禳災祈福卜年豐嗟嗟四野風雲惡烝黎流離心忡忡願化干戈為玉帛綏輯萬民安家邦

第七集　梅花四詠

壽陽對鏡倚窗中時世新粧點額紅疑是消寒一樽酒闌干斜倚醉東風　紅梅

冰肌玉骨絶纖塵占得江南最早春紙帳夜寒同不睡滿天

風雪正愁人 白梅

黃昏寫照月朦朧 紙醉金迷總是空 天地何心花數點 有人索笑問雌雄 黃梅

綠肥紅瘦稱人憐 玉樹連枝自在天 艷福幾生修得到 鴛鴦端不羨神仙 鴛鴦梅

第八集 兵家四詠

綠沈不用古時槍 一擊教人作國殤 輸與詞林一枝筆 三千毛瑟亦尋常 槍

自有機心機器出 紅衣對壘大將軍 陰陽牝牡能相勝 破陣何當孜異聞 破

世外飛來似木鳶 憑空一彈死灰燃 戰時欲喚蚩尤起 毒霧漫天勝毒煙 飛機

昔聞鐵鎖沈江底 今見樓船跨海橫 驅使天吳作前敵 魚雷觸處谷王驚 魚雷

讀滄舲哭弟滄華詩即題其後

回首論交二十年 相逢客裏認前緣 秪今基木將成拱 忍聽春、令啼暮煙

不、是愁鄉是睡鄉 杜鵑聲裡斷人腸 夜臺一去無消消、 幻夢

春溪春

息溪消

鶩田泥雨行

夕陽斜照欲驚魂壇過黃公酒不溫作戲逢場渾似夢多君
曠達是知言
鷺江浪跡鎮相依死別那堪正亂離一飯古人猶報德拳拳
何況似同枝
俛仰窮通未足憂相如消渴自風流何期千丈松崩折知有
誰來挂劍愁
由來習禮舊家風應道祝予鶴馭空何日狐丘能正首故人
杯酒酹南豐

飲番茶不寐有作

料峭寒風陣陣吹盧仝七椀沁詩脾為貌枕上吟新句不覺
燈前夜睡遲

庚辰冬日侍儆樵先生萩莊賞菊感賦一律郵呈萩莊主人
春申江

悠然今賞愛吾廬秋色今年笑不如猶有幽香晚晚節漫容
俗客共閒居眉壽堂臨湖樓頭在山麓有人借住角巾漉酒人垂老宜發浣花鬢平
疏莫道江南風景好東籬無恙賦歸歟

壽李繡伊先生母洪太夫人八十

饒溪晚

早溪平

六琯吹葭變日晴天開壽宇婺星明遠來甘鄞娛親老秀出孫枝羨女英溫母傳家書一卷麻姑觀海水三清稱觴漫晉屠蘇酒有客登龍作頌聲

庚辰十二月初三日壺天消寒第一集

雜感

三十年來家國事風驚雲擾總傷心江樓獨倚觀星象太息欃槍尚未沈

玉樓讌罷起笙歌紙醉金迷喚奈何悽絕孤寒如此夜青衫點點淚痕多

可憐城上骸爭爨舞唱量沙不足炊欲叩天閽憾無路家家兒女苦啼飢

何來秦火書羅劫收拾叢殘不計貧笑擁百城清永晝王稱南面儼猶真

濁酒一壺聊共酌黃魚味美貯金盤圖成九九年年會醉寫梅花與未蘭

次韻秋蔌莊主人庚辰冬消寒第一集見懷之作

日出黃綿新襖子天寒白醉古梅花作聽臘鼓催年矢獨抱冬心感物華雲外書傳人念舊江南景好應為家何時同飲

關渓蘭

屠蘇酒一棹歸來道里賒

原作　林叔臧

海天無計趁歸航歲暮懷人各一方傷老病餘猶覓句消
寒會裏快稱觴新聞臘鼓忘鼙鼓久客他鄉當故鄉驢背
灞橋風雪緊讓人吟賞少年場

壺天消寒第二集時因公事旁午不赴感賦兩绝

底事梅花畫筆忘飛書疾檄為公忙佳期錯過真辜負待買
屠蘇補一觴

載酒堂前笠屐圖蘇公一笑子雲呼第三期近消寒約食指
須知動有魚

小除夕叔臧先生謎補作第三集消寒會招飲壺天重讀菽
莊主人見褱之作酬以兩绝

為破愁城閉酒攻壺天夜飲一燈紅不知今夕誠何夕司命
還應在醉中（是歲臘月二十四為小除夕吾鄉是夕祀竈）

掃空戲事不知誰雖得梅花共歲寒游戲文章齊物論小年
可作大年看

第四集　辛巳元旦即事

曉來天下齊春色鵲鳥枝頭語吉祥不惜吟毫書大事妖星

一角寺東方

無後笙歌慶太平震天何事作雷鳴家家春夢同時醒大好
屠蘇酒共傾

次韻和杏丝九日寄懷之作

豪氣元龍百尺樓每逢佳節倍離愁耐寒歲暮懷三友寄傲
離疏憶九秋薄醉屠蘇新釀好苦吟香雪夜窗幽月明三五
聞羌笛何處鄉關道路悠

畫天消寒第六集　香海看梅有感

南枝紅映北枝紅天地何心在此中遮莫月明三五夜玉龍
哀曲倚東風

美人倚竹情無言何處歸來月下魂一例傷心詞客老暗香
疏影與誰論

第七集　鼓浪嶼物產四詠

內厝芋頭

田田葉大新荷似結實於根不著花煨得懶殘牛糞火祗今
李厝作生涯（內厝澳舊名李厝澳產芋頭甚佳人皆稱之）

鹿嶕海苔

鹿耳嶕前春雨足石華如繡添新綠山齋寒具獨清供約醉

梅花歌一曲

　高麗白菜

心失芭蕉千萬轉晚菘何似故山園自從平壤分餘種贏得
人思咬菜根

　西洋紅藷

纍纍象形如馬鈴淡香欲比白藷清移根智利來何易責似
金薯重漢京

第八集　壽東喜夫人四十四秋萩莊主人韵

一曲江南桃葉渡風流韵事直新年清寒輒飲金杯酒射覆
宵披臘炬煙壽寓春開王母降小名錄補侍兒傳蠻腰素口
同承寵向傳吟懷劇快哉

荷錢

　六月二十五日清夏第二期秋萩莊主人

青蚨飛去逐青蓮葉葉相當子母權却怪宣和圖博古象形
別有藕心錢

　原作　　　　　　　　　　　林叔臧

豔溪葉小通神大流水波長貫串難君子安貧聊快意吾
兄浪作孔方兄

叔臧先生 [illegible] [illegible]

藕節

閏六月初三日消夏第三期秋萩莊主人

不似凌霄誇勁節何曾出水染汙泥情絲一縷牽難斷底處鴛鴦夢欲迷

原作 林叔臧

藕絲香裡鐵棱棱不染汙泥出水清小節祇應如大節深根固蔕得長生

西湖採蓮歌

閏六月初十日消夏第四期秋萩莊主人

一泓瀲灧好湖光月印三潭白露瀼努幫若耶溪上路浣紗人在水中央

流水斜牽荇帶長荷為衣兮芰為裳唐宮艷譜人猶誦大好蓮花似六郎

娥娥紅粉鬥清歌不惜纖纖採綠荷欲寄所思人杳杳那堪月滿晚愁多

採得蓮房墜粉紅莫教辜負玉芙蓉祇緣風雨漂搖慣一點芳心苦似儂

原作 林叔臧

半湖風浪半湖煙姊妹同撑一葉船南北東西隨意採湖
心莫採並頭蓮
白菡萏色天然好採取歸來插膽瓶一種芙蓉紅映日惱
人空繞水亭心
採得新荷葉葉香曾經葉底宿鴛鴦人生萬事團圓好輕
薄些些也不妨
昨夜清涼昨夜風蓮房墮粉可憐紅苦心一點誰知道妙
處生成是化工

荷花生日

閏六月十七日消夏第五期秋萩莊主人

若耶溪是舊家鄉一縷情絲午夢香名士胸懷如霽月空王
寶座有祥光一池自在香風定九夏長生玉露涼金帶江頭
為花壽主人曾晉紫霞觴

原作　林叔臧

不離色界不同塵滿地江湖見化身並帶由來有清福百
花未許共生辰懷芳初度稱觴客戲壽蓮頭笑美人艷曲
侑觴莫忘卻紅情綠意譜翻新

荷花閏生日

閏六月二十四日晴炎勇六期邨薮莊主人

豔說芙蓉異水仙一窓春屋負園國千絲碧叢廣漆館層劫紅蕖任爽四窓世坐涯知有歲湖天風月感無邊良辰美景須行樂重醉篇盃對倚笑

原作　林赤膽

芙蓉戰罷劫清塵水淨方來自在身諸佛梵天三寶塔九歌澤國雨良辰碧簫清酒吾閑寔黃木遺時獨感人益節藕綠香不斷淨知花層本無新

題同聲集

心肝嘔盡歲云徂故紙堆中能蠹魚何事鄴侯徒插架千金敝帚享弊虛

同聲一哭斯文墮收拾叢殘若似予何惜杖頭錢一百賞奇不異古徵書

辛巳中秋夜侍傲樵先生飲於壺天月為雲蔽夜深不見以占一律郵呈藜農主人春申江

人生幾見月當頭今夕壺天景更幽多事關雲深能饒同傾濁酒聊觀嫦娥態標三千界水調聲高十二樓為照春申江上客可能一醉玉京秋

壽林母許夫人為友人作

蟾魄圓時爽氣光高秋天氣恰初涼綠池王母新開宴出水
宜潮醉奉觴瀛上孫枝饒古色庭中丹桂有奇香板輿就養
心歡喜雲外飛觴隨鶴翔

辛巳十一月初四日壺天消寒第一集

種梅

斷橋流水舊家山鶴嘴鋤輕劚雪寒著力栽成三十本苔枝
綴玉問人看

憶梅

昔日窗前花似雪秖今想像影橫斜夢中不識江南路何處
孤山處士家

十一月十三日壺天消寒第二集

探梅

夢入羅浮夜寂寥江南江北路迢遙欲知湖上春消息為策
蹇驢過斷橋

傲植先生曰有局外之雅

護梅

清高一晌壓羣花卧雪山中莫怨嗟記得歲寒三友約青油
幕不受風斜

十一月二十二日壺天清課第三集

折梅

打窗風雪日紛紛索笑巡簷幾度春折得一枝方綻蕊東騷
清俠最宜人

寄梅

江北江南望眼賒滿天風雪更思家一枝春色遥遥寄驛路
相逢繞下車

十二月初一日壺天清課第四集

吟梅

孤燈向壁獨沉吟月照冰姿夢裏身水部當年擅詞筆祇今
香句屬何人

畫梅

難得天然化工筆窗前學作兩三枝羅浮寫照誰驚艷遮莫
冬心老畫師

十二月初十日壺天清課第五期

梅魂

雪滿孤山南北路西湖寒照月黃昏分明照取亭亭影知是
羅浮夢醒魂

梅品

占得百花春第一，孤芳自賞最清高。笑他楊柳隨風舞，陌上看人攀折勞。

十二月十九日壺天消寒第六集

梅香

窗前梅雪共爭春，陣陣幽香暗襲人。漫道三分輸雪白，卻教石帚出詞新。

梅影

月下天然一畫圖，橫斜滿地樹扶疏。何須借得冬心筆，寒碧西湖歷萬株。

十二月二十八日壺天消寒第七集

梅味

有約春須同一醉，品花人不隔重簾。酸鹹記取和羹事，高唱江南昔昔鹽。

梅笑

一枝竹外獨嫣然，羞對桃花共鬥妍。艷福幾人修得到，歲寒長結喜歡緣。

同文書庫·厦門文獻系列

第一輯

壹　王步蟾　小蘭雪堂詩集

貳　張茂椿　翁吉人　固哉叟詩集　寄傲山房詩鈔

叁　蘇大山　紅蘭館詩鈔

肆　沈琇瑩　寄傲山館詞稿　壺天吟

伍　林爾嘉　林菽莊先生詩稿

陸　李禧　夢梅花館詩鈔

柒　余謇　寶瓠齋襍稿（外三種）

捌　蘇警予　謝雲聲　甲子雜詩合刊　菲島雜詩　海外集

玖　羅丹　稚華詩稿

拾　徐原白　同聲集

第二輯

壹　謝祐　賦月山房尺牘

貳　黄瀚　禾山詩鈔

叁　邱煒萲　揮麈拾遺

肆　林爾嘉　李禧　頑石山房筆記　紫燕金魚室筆記

伍　蘇逸雲　臥雲樓筆記

陸　陳延謙　劉鐵菴　止園詩集　鐵菴詩存

柒　陳桂琛　陳丹初先生遺稿（外一種）

捌　賀仲禹　繡鐵盦叢集　繡鐵盦聯話

玖　蘇警予　二菴手札

拾　虞愚　虛白樓詩

同文書庫·廈門文獻系列

第三輯

壹　胡鉉　椽筆樓初集

貳　吳錫璜　吳瑞甫家書（外一種）

叁　邱煒萲　菽園贅談

肆　蘇逸雲　臥雲樓雜著

伍　蘇警予　曠劫集

陸　黄伯遠　莊克昌　紅葉草堂筆記　感舊錄

柒　葉長青　松柏長青館詩

捌　海天吟社　鷺江梅社　海天吟社詩存　鷺江乙組梅社吟草

玖　林爾嘉　菽莊叢刻（外二種）

拾　陳桂琛　近代七言絕句初續集

第四輯

壹　吳葆年　吳兆荃　繪秋樓詩鈔　小梅詩存

貳　呂澂　介石山房詩稿（外一種）

叁　邱煒萲　嘯虹生詩鈔

肆　李維修　寸寸集（外一種）

伍　沈覲格　拙廬談虎集

陸　江煦　草堂別集　圭海集

柒　謝雲聲　靈簫閣謎話初集

捌　曾兆鼇　玉屏書院課藝

玖　林爾嘉　菽莊小蘭亭徵文錄　鷺江泛月賦選

拾　江煦　鷺江名勝詩鈔